不思議の国の吸血鬼

赤川次郎

集英社文庫

イラストレーション／ホラグチカヨ
目次デザイン／川谷デザイン

不思議の国の吸血鬼

CONTENTS

不思議の国の吸血鬼

不思議の国の吸血鬼

事　故

「危ない！」

という叫び声。

キーッという悲鳴のようなブレーキの音。そして――火花が夜の中に飛び散った。

「きれい！」

と、思わず言ってしまったのは、大月千代子《おおつきちよこ》だった。

だが、誰もその言葉を不謹慎《ふきんしん》だととがめなかった。それどころじゃなかったのだ。

ガーン、と金属のぶつかり合う音が聞こえて、その車は道のわきに停《と》めてあったトラックに激突していた。

「――凄《すご》い！」

橋口《はしぐち》みどりが、やっと口を開いた。

誰もが、しばらくは動けなかった。――これ、本当のことなの？　目の前で、こんなことが起こるなんて……。

「ウーン」

と、唸《うな》ったのは、神代《かみしろ》エリカの父親、フォン・クロロックである。

クロロックは居眠りをしていたのだ。といって、事故を起こしたのはクロロックではないから、責めてはいけない。

社長というのは忙しく、従って、眠いものなのだ（作家だって眠いが）。

「お父さん、起きて！」

と、エリカが、クロロックをつついた。

いや、つついた、というより、殴《なぐ》ったというほうが近いような勢いだった。

――クロロックとエリカの父娘《おやこ》、それに、エリカとN大学で一緒の、千代子、みどりの四人で、夜遅い食事をとっていたところである。

払いは当然、社長のクロロックで、他の三人は、クロロックの会社で、アルバイトをしたのだった。クロロックとしては、バイト料を決まった通り払ったうえに、夕食までおごらされては、たまったもんじゃないが、まあ、そこは「社長」の辛《つら》いところである。

あまりケチと見られるのもいやなのだ。吸血鬼だって、見栄《みえ》ってものがある！

「何でも好きなもんを食べなさい！」

と、大きく出たが、このレストランで一番高いのが、千二百円のステーキ定食だった
……。

しかも、夜十一時を回って、深夜メニュー。飲み物がサービスというのを、クロロック、あらかじめ承知していたのである。

吸血鬼が夜遅くなって眠りについたのでは困りものだが、若い後妻《ごさい》――エリカよりひとつ年下！――の涼子《りょうこ》、赤ん坊の虎ノ介《とらのすけ》と暮らすという「人間的生活」を送る以上は、「人間並み」にまで、身を落とす（？）必要があったのである。

そして、四人は満腹。エリカは、

「さて、もうひと仕事しようかな」

と、張り切り、大月千代子は、

「明日の仕事の予定を、きちんと立てておいたほうが、かえって能率《のうりつ》が上がるわ」

とクールに分析《ぶんせき》している。

橋口みどりは、

「頑張《がんば》って食べ過ぎちゃった！　お腹《なか》が空《す》いた……」

と、呟《つぶや》いて、誰からも無視された。

「――お父さん！」

エリカがもう一度つつくと、クロロックはハッと目を開き、

「ごめん、涼子！　許してくれ！」

と、早口で言った。

「お父さん。私、エリカ」

「おお。――そうか。元気か」

「毎日会ってるでしょ。今、事故が、そこで――」

「車が燃えてる！」

と、みどりが叫んだ。

「そりゃ、車は燃料を燃やして走るのだからな」

「そうじゃなくて！　ほら、乗用車がトラックに――」

「ほう」

レストランの窓際のテーブル。クロロックは表を見て、

「なかなかきれいな飾りつけだ」

まだ半分寝ぼけている。エリカは、問答無用、とばかり、コップを取り上げて、クロロックの頭上に水を注いだのだった……。

「ワッ！　ワーッ！」

クロロックが飛び上がった。

「早く！　助けにいかないと」

「――う、うん。そうか。もちろんだ！」

クロロックとエリカのふたりは、一緒にレストランを飛び出していった……。

「遅れちゃう……」

と、その娘は言った。

「え？」

エリカが顔を寄せると、

「何て言ったの？」

「急がないと……。遅れちゃう……」

そう、はっきりと言って、娘はガクッと頭を落とした。

「あら……」

と、みどりが両手を握り合わせる。

「死んじゃった」

「可哀《かわい》そうに」

と、千代子が首を振った。

「私たちと同じくらいの年齢《とし》じゃない？」

「そうね。自分で車を運転してたんだから……」

「どうか迷わず成仏《じょうぶつ》して——」

と、みどりが手を合わせる。

燃える車から、やっと助け出したものの、その娘のけがはひどかった。レストランの前の芝生《しばふ》に横たえて、介抱《かいほう》してみたが、とても間に合いそうもなかったのだ。

「——トラックの中には誰もおらん」

クロロックがやってきた。

「どうだ、その娘は？」

「だめみたい」

「そうか……」

誰もがシュンとしていると——突然、その娘が、

「誰か届けて！」

と、叫んだので、みんな仰天《ぎようてん》してひっくり返った。

「化けて……出た……」

みどりが真っ青になって這《は》いつくばっている。

「まだ生きとるぞ」

クロロックが、娘の手を取った。

「おい、しっかりしろ。今、救急車が来るからな」

「届けて……」

と、娘は呟いた。

しかし、もう娘の目からは力が消えつつあった。クロロックやエリカの力でも、とても助けられない。

「何を届けるのだ？」

クロロックが耳もとで訊《き》くと、娘は、それを理解したらしい。震える手が、ジャンパーのポケットをさわる。

「この中か？」

クロロックは、ポケットを探《さぐ》った。

「何か入ってる？」

「うむ。小箱のようなものだ」

クロロックの手にスッポリ入ってしまいそうな、四角い包み。

「重い？」

「いや、軽い。木か何かだろう」

「これを――どこへ届けるの？」

エリカが訊く。

娘は、最後の輝き、とでも言うべき元気を取り戻して、

「反対のポケットに……住所が」

と、言った。

「でも——何とか——明日の朝までに」

「朝まで？」

「お願い！」

娘が、いきなりクロロックの手を握りしめた。

「それを……届けて」

もう生命《いのち》の灯《ひ》は消えかかっている。クロロックは、娘の手をしっかりと握り、

「大丈夫。任《まか》せておけ」

と肯《うなず》いた。

「このエリカが、必ず届けてくれるからな」

勝手に請《う》け負わないで！　エリカは父親をにらんだ。

「ありがとう……」

娘が、微笑《ほほえ》んだ。

そして——再び目を閉じる。

「——もう、本当にだめだ」

クロロックは、娘の手を、そっと胸の上に置いた。

「届けて、って、いったい何なのかしら？」

エリカは、その小さな包みを手に取って、

「軽いわね。それに、小さいから、たいしたものは入ってないと思うけど」

「でも、分かんないわよ。高価な宝石か何かなら、そんなに重くないし」

と、千代子が言うと、みどりが、

「軽いのなら、ポテトチップスかもしれないわ」

「そんなもの届けてどうすんのよ」

「そりゃ、食べるんじゃないの？」

「――中身のことはいいわよ」

と、エリカが言った。

「届ける、って約束した以上、なんとかして届けないとね。包みの中を見るわけにはいかないわ」

「どこへ届けるんだって？」

「反対側のポケットにメモが入ってる、って……」

と、エリカは、死んだ娘のポケットを探った。

何やらガサガサという音がする。

「あったわ。――これ――」

エリカは、メモを広げてみて、言葉を切った。

衝突した時、オイルか何かが飛んで、ポケットの中にしみ込んだのだろう。メモ用紙に、大きなしみができて、文字がほとんど読めなくなってしまっているのだった。

「これ、何て書いてあるの？」

と、みどりが覗《のぞ》き込んで言った。

「読めないわ、これじゃ」

「でも……ほら、このへんの文字が少し――」

と、千代子が指さす。

「うん……。カタカナだね。〈ア……リス〉かな」

エリカは、やっとその三文字を読み取ったのだが……。

「だけど、これじゃ何のことだか分かんないわ」

と、エリカは言った。

「うむ。しかし、私はあの娘に約束してしまったのだ」

と、クロロックは腕組みをして、

「おまえ、なんとかして届けてやれ」

「あのね、勝手に約束したのはお父さんでしょ！」

エリカは頭にきて、

「ただ〈アリス〉だけで、どうやって届けろっていうのよ！」

と、怒鳴った。

「そう怒るな。死者が目を覚ます」

そうだった……。エリカは少し反省した。この娘は死んでしまったのだ。もちろん、エリカだって、その娘のことを可哀そうだと思うが……。

それにしたって、無茶だ！

「──ま、今ごろパトカーとか救急車が来たよ」

と、みどりが言った。

サイレンが入り乱れ、パトカー、救急車、それに消防車が駆けつけてくる。

「手遅れだよね」

と、千代子が首を振る。

「そうだわ」

エリカがパチンと指を鳴らした。

「あの車のナンバーから、この娘《こ》の身許《みもと》が分かるでしょ。そうしたら、この〈アリス〉っていうのも、どこのことなのか分かるかもしれないわ」

「でも、朝までには……」

「そうね、そりゃ無理でしょうね」

クロロックは、何やら考え込んでいたが、

「いや、いかん！」

と、突然声を上げた。

「お父さん、しっかりして！　まだぼけるのは早いわ」

「誰がぼけとる。――いいか、クロロック家《け》の名誉にかけても、朝までにこれを届けてやるのだ」

「だって、どうやって――」

「何か身許の分かるものを持っとらんか？」

「あ、そうね。――じゃ、悪いけど、ポケットを見せてもらって」

と、エリカが、娘のジャンパーを調べていると、

「おい！　何をやってるんだ！」

と、いきなり怒鳴られた。

警官が足早にやってくると、ジロッとエリカをにらんで、

「何か盗んだんじゃないのか？」

「冗談じゃないわ！　この人の身許を調べようと――」

「それは警察の仕事だ」

と、エリカたちを、シッシッ、と追い払うように、

「あっちへ行って。邪魔《じゃま》するんじゃない」

「あのね――私たちがこの人を車から助け出したんですけど」

「それは当然の義務だ。いばるな」

どっちが！　エリカは頭にきて、けっとばしてやりたくなった。

「――君」

クロロックが進み出ると、ポンポンと警官の肩を叩《たた》く。

「何だ？　人のことを気安く呼ぶな。誰だと思ってるんだ。天下の警察官だぞ」

「なるほど」

と、クロロックは肯《うなず》いて、

「では、君は私を何者だと思うかね？」

「そんなこと知るか。――何だか面白い格好をしとるな。老人向けファッションモデルか？」

クロロックは、腹を立てるかと思いきや、ニヤニヤ笑って、

「惜《お》しい！　もう一声《ひとこえ》」

「ふむ……」

警官は、ジロジロとクロロックのマント姿を眺め回して、

「まるで、映画に出てくる吸血鬼ドラキュラだな」

と、笑った。

「当たりだ！」

「ほう。ま、いいから、どっかへ消えてろよ。邪魔だぜ」

「吸血鬼に会えるというのは、めったにない幸運だ、と思わんかね」

「ふん、本物の吸血鬼だとでもいうのか」

と、警官は鼻で笑った。

「まあ、見ていたまえ」

クロロックは、マントの端《はし》を手で持って大きく広げると、その警官のほうへ寄ってき、マントで包み込むようにした。

「おい――」

警官がのけぞる。と、クロロックの目が赤く光を発し、カッと開いた口は真っ赤に血に濡《ぬ》れて、鋭《するど》い牙《きば》がニュッと突き出る。

「ワッ！」

と、叫んだきり、警官はドサッと座り込んでしまった。

「さ、行こう」

と、クロロックはエリカたちを促《うなが》した。

「――何をやったの？」

「なあに、ちょっとしたデモンストレーションだ」

「え？」

キョトンとしているエリカの肩に手をかけて、クロロックは歩きだした。

——他の警官がやってきて、

「おい、何をそんな所で座り込んでるんだよ！」

と、声をかけた。

「目が……」

「何だ？」

地面に座り込んだ警官は、呆然《ぼうぜん》と目を見開いて、半《なか》ば失神しているような状態。

「どうした？　大丈夫か？」

と、同僚に声をかけられても、耳に入らない様子で、

「牙だ！　牙が俺の喉《のど》に……。許してくれ！　助けてくれ！」

と、頭をかかえ込んでしまう。

他の警官も集まってきて、ただ顔を見合わせるばかりだった……。

「——困ったわね」

と、エリカは言った。

「仕方あるまい。警察を相手にして、ひと暴れとなると大騒ぎだしな」

「そうね。身許《みもと》といったって、そう簡単に——」

エリカたちは、事故のあった現場から、あのレストランのほうへ戻るところだった。

また食べようというのではない。支払いも済ませていなかったし、荷物も置いたままになっていたからである。

「——また入るの？」

と、みどりが言った。

「うん。みどり、表で待ってる？」

「どうして？」

と、みどりが訊《き》く。

「何か食べるんでしょ？」

エリカは胸焼けがしてきた……。

そこへ一台のオートバイがやってきて、店の前に停《と》まった。

オートバイの男

「お店に入る、ってことは、何か注文するってことよ」

というみどりの主張に負けて（？）、エリカたちは、再びテーブルに着くことになった。

「私、何食べようかなあ」

みどりはメニューの〈食事〉のページを熱心に眺めて、言った。エリカと千代子《ちよこ》は、思わず顔を見合わせて、

「負けた」

と、呟《つぶや》き合ってから、ふたりして、〈デザート〉のページを見たのだった。

「──私、ちょっと手を洗ってくるわ」

エリカは、飲み物だけを注文して、席を立った。

「私は、ケーキとコーヒーだ」

と、父のクロロックが注文している声が耳に入って、エリカはため息をついた。

いったいいつから、吸血鬼があんな甘党になっちゃったんだろうね？

トイレで手を洗って出てきたエリカは、さっきオートバイでやってきた若い男が、苛々《いらいら》した様子で腕時計を見ながら座っている席のそばを通った。

通りすがりにチラッと見ると、なかなか可愛《かわい》い（？）二十歳《はたち》そこそこの男性。というより「男の子」という感じだ。

水を運んできたウエイトレスに、

「コーヒー」

と、ぶっきら棒に言ってから、

「八代《やしろ》って女の人から、伝言か何かない？　僕は宮内《みやうち》っていうんだけど」

「お客様にですか？　今のところ一件もありませんが」

「そうか。ありがとう」

と、その宮内という若者は、がっかりしたように言った。

エリカは、そのやりとりを耳に入れながら席のほうへ歩いていたのだが……。いつも説明している通り、吸血族の耳は人間よりずっと鋭い。だから、そんなやりとりも、はっきりと聞き取ることができるのである。

エリカは、その若者が、「宮内」と名乗った時、あるテーブルのそばを通り過ぎるところだった。そこには黒っぽい上衣《うわぎ》の男がひとりで座っていたのだが、「宮内」という名を耳にして、サッとあの若者のほうを振り向いた。

それは、ただ「何気《なにげ》なく」振り向いたというのとは、まったく違っていた。どこか、ゾクッとするような緊迫感《きんぱくかん》をはらんだ振り向き方だったのである。

エリカはテーブルに戻ると、

「みどり」

と、肩を叩《たた》いて、

「席、替わって」

と言った。

「どうして?」

「いいから」

「私のカレー、食べないでよ」

「あんた、またカレーなんか取ったの?」

「カレーライスじゃないの。カレースパゲティ」

「同じようなもんじゃないの。よく入るわねえ」

エリカが、みどりの席に座りたかったのは今の黒っぽい上衣の男と、あの宮内という若者の両方を見ていられるからだった。

どうも、何だか物騒《ぶっそう》なことがありそうだわ、とエリカが思った。

おそらく、何かあるとすれば、宮内という若者のところへコーヒーが来てからだろう。

コーヒーはすぐ運ばれてくるからだ。

ウエイトレスがコーヒーと伝票を宮内の所へ置いて、戻っていく。

コーヒーにミルクだけを入れて、飲み始める。宮内の目は、腕時計と、店の入り口のほうとを、交互に動いていた。

黒い上衣の男が、立ち上がって、トイレのほうへと歩いていく。宮内のテーブルのわきを通ることになるのだ。

男の体に、ある緊張感があった。まあ、少々古くさい言い方をすると、「殺気《さっき》」とでもいうべきものだったかもしれない。

しかし、そんなものに気づくのは、エリカやクロロックのような、「特別の」人間だけである。

「何かあったのか」

と、クロロックが不思議そうにエリカを見る。

「黙ってて」

果たして、あそこまで届くだろうか？　エリカは、自分の力を、宮内のテーブルへと向けて集中した。距離がある。壊すのは無理でも……。

黒い上衣の男が、宮内のテーブルへ近づくと、手をポケットの中へ入れた。

エリカはぐっと息をつめ、宮内のテーブルへと力を投げかける。

宮内のテーブルの上の、水のコップが、通路の側のほうに倒れた。水が床にぶちまけられ、コップも落ちて砕《くだ》けた。

「おっと」

宮内が、立ち上がった。——黒い上衣の男が後ろへ下がる。

「あ、失礼——」

と、宮内は言って、その男を見た。

黒い上衣の男がそのままクルッと背を向けて、店の出口へと歩きだした。

「——おい、待てよ!」

宮内が呼びかけた。

「おい!」

黒い上衣の男は、足を止めようともせず、店を出ていく。宮内が、通路を駆けだした。

——何とも運が悪かった。

黒い上衣の男が、支払いをせずに出ていってしまったので、ちょうどレジの前に立っていたウエイトレスが、

「あの、お客様」

と、後を追おうとしたのだ。

店を出た男が、パッと振り向いた。

「危ない！」

エリカが立ち上がったが、遅かった。

男は拳銃《けんじゅう》の引き金を引いていたのだ。

宮内を狙《ねら》ったつもりか、それとも単なるおどしだったのだろうか、ちょうど正面にウエイトレスが立っていた。

店の厚いガラスの扉に丸い穴が開き、ウエイトレスがお腹《なか》を押さえてクルッとひと回りして倒れた。

男が夜の闇へと駆けだす。

「いかん！」

と、クロロックが立ち上がった。

「エリカは、その娘を――」

「うん。みどり！　救急車！」

エリカ、倒れている娘のほうへと駆け寄った。

娘はぐったりして意識がない。――腹部に血が広がっていた。

「ちくしょう！　何てことだ」

宮内という若者が、青くなって、

「けがは？」

「弾丸が中に入ってるわ」

と、エリカが言った。

「どうだ？」

クロロックが、いったん表へ出て、すぐに戻ってきて、覗《のぞ》き込む。

「かなりひどいわ」

「弾丸が入ったままか。抜けていれば、まだ何とかしてやれるのにな」

「僕を狙ったのに……」

宮内が、首を振った。

「——このへんに病院は？」

と、エリカが、呆然《ぼうぜん》としている店のレジ係に訊《き》いた。

「あの——この先に、大きな病院が……。でも、救急患者だと、結構、受け入れてくれないみたい」

「それは任せろ」

クロロックが言った。

「あんたのオートバイで運ぼう。手遅れになるといかん」

「分かりました！」

宮内は、急いで外へ飛び出していった。

「お父さん、あの男は？」

「車で逃げた。どうも今の若いのを狙っとったようだな」

「ともかく、今はこの娘を――」

ブルル、とオートバイのエンジンが唸《うな》る。

「エリカ、おまえがこの娘を抱いて、乗れ」

「お父さんは？」

「ついていく」

「分かったわ」

エリカは、力を込めて、娘を抱き上げると、オートバイの後ろへまたがった。レジ係の女の子が、エリカの力に啞然《あぜん》としている。

「人間、必死になると強いものさ」

と、クロロックは言って、オートバイが走りだすと、

「待て！　置いていくな！」

と、叫びつつ、オートバイを追って走りだした。

オートバイのスピードにも負けない猛スピードで走り去るクロロックを見て、レジ係の女の子は、

「必死になると……ね」

と、呆然として呟いたのだった。


「──すぐに手術ですって」

エリカが言った。

「助かりますか」

宮内という若者は、エリカについて出てきた医師に訊いた。

「やってみないとね」

と、医師は肩をすくめた。

「若いから体力はありそうだ。それが救いですな」

手術が始まるので、あわただしく看護師や麻酔医が駆け回っている。

「──座っていましょうよ」

と、エリカは、宮内に言った。

「私たちじゃ、どうすることもできないわ」

「そうですね」

宮内は、長椅子に腰をおろして、ゆっくりと、息を吐き出した。

「とんでもないことになった……」

夜中に呼び出されたらしい医師が、

「どうして今夜に限って引き受けたんだ?」

と、ブツブツ言いながら歩いていく。

もちろん、クロロックが催眠術を使って、引き受けさせてしまったのである。

クロロックは一人、先にレストランへ戻っていた。

宮内は、時計を見て、ひどく悩んでいる様子だった。

「――ね、宮内さん」

と、エリカは言った。

「え?」

「あなた、あの店で、誰かと待ち合わせてたんじゃないの?」

「ええ、実は……。でも、この場を放り出していくわけには――」

「私がいてあげてもいいのよ」

宮内は、少しためらってから、

「そうしてくれますか。僕は大切な用事で、何とか――」

「ひとつ、訊いていい? どんな人と待ち合わせたの?」

「若い女性です。車で来ることになっているんですが」

エリカは、少し考えて、

「アリス」

と、言った。

宮内が、ハッとした様子で、

「何と言いました？」

「アリス。――心当たりはある？」

「あります。でも……」

「あなた、さっきオートバイで店に来た時、店の中ばっかりに気を取られて気づかなかったんでしょうね」

「何です？」

「車の事故」

――宮内は、まさか、という表情になって、

「じゃ――彼女が？」

「八代《やしろ》さんというのね、さっき伝言はないかって訊いてた」

「八代朋子《ともこ》です。じゃ彼女が事故を？」

「ええ、亡くなったわ」

宮内は両手で顔を覆《おお》った。

エリカは、その時の事情を話してやった。宮内は、ゆっくりと肯《うなず》いて、

「八代朋子というのが、彼女の名です。——急いで、と言ったのがいけなかったんだ。まさか……」

宮内は、大きく息をついて、

「で、その小さな包みというのは？」

「父が持ってるわ。レストランへ戻れば、あなたに渡せる」

「じゃ、そうしましょう。けがをしたウエイトレスには気の毒だけど」

「また後で、様子を訊いてみればいいわ」

エリカたちは病院から出た。

もう一度、オートバイの後ろに乗せてもらう。——オートバイが走りだすと、

「アリスって何のことなの？」

と、宮内の耳もとに向かって言った。

「喫茶店の名です。そこにいる仲間に、大切なものを届けることになっていたんです」

「喫茶店ね……」

エリカは呟くように言った。たぶん、宮内の耳には入らなかっただろう。

ともかく、あの包みを渡せば、それで、死んだ娘との約束を果たしたことになるわけだ。

——レストランに着くと、クロロックが、みどり、千代子と一緒に出てきたところだ

った。

「お父さん」

「やあ、どうだ、あの娘は？」

「手術中。――お父さん、あの包みは？」

「包み？　ああ、例のか。それは――」

クロロックは、ちょっと考えてから、

「いかん、どこかに落としたらしい」

と、言った。

「何ですって？」

宮内が顔色を変えた。

「さっき、オートバイを追いかけた時だな、きっと。道を戻る途中、なかったか？」

「もう一度見てきます」

宮内がオートバイに飛び乗って、アッという間に走り去る。

「――どうしたんだ、エリカ。ウインクなんかしてみせて」

「包みは？」

「ここにある。――良かったのか、あれで？」

「いいの。何だかね、ちょっとスッキリしないのよ」

事故の跡は、まだ車がそのまま残されて、一見して悲惨《ひさん》だった。

「つまり――」

「あの死んだ女の人を、よく知ってて、ここで待ち合わせた、って言うんだけど、今、戻ってきた時、あの車の残骸《ざんがい》に、目もくれなかったわ。おかしいと思わない？」

「確かに。――すると、あの若者も、腹に荷物があるわけだな」

「ちょっと違うみたいよ」

そこへ、チリン、チリンと自転車の音がした。

自転車をこいできたのは、十六、七の女の子で、レストランの前まで来ると、壊れた車に気づいて、キュッとブレーキをかけた。

そして、自転車を倒れるに任せて放り出すと、車のほうへと駆け寄る。

「お姉ちゃん？　――まさか！」

と、叫ぶと、ヘナヘナと座り込んでしまった。

「お父さん」

「うむ。どうやら……」

エリカとクロロックは、地べたに座り込んでいる女の子のほうへと、歩いていった……。

寝坊は危険

「ウォーイ」

エリカが大口を開けて欠伸《あくび》すると、

「エリカさん」

と母親の涼子《りょうこ》が、たしなめる。

「女の子が、結婚前だっていうのに、そんな大きな口を開けたりして……。ウワーァ」

涼子も欠伸している。

「お母さんだって」

「私は既婚者だもの。ねえ虎《とら》ちゃん」

「ウオー」

虎ちゃんが、咆えた（？）。

「お父さんは？」

と、エリカは訊《き》いた。

「会社」

「へえ、ゆうべあんなに遅かったのに」

「何でも大事な会議とか言ってたわ」

と、涼子は言って、

「ゆうべは大変だったんですって？」

「ええ。お父さんから聞いた？」

「だいたいはね」

「良かったの。死んだ女の人の妹が来て、やっと分かったのよ」

「結局、その包みって、何だったの？」

「私も知らない」

と、エリカは肩をすくめて、

「でも、その八代《やしろ》さんって子が、あの包みがあれば、化学工場の進出に反対できるんだって」

「工場？」

「今までの町で、有害な物質をたれ流してて、悪名高い会社なの。で、新しい工場を作る、っていうんで、反対してたらしいのね」

エリカは、朝食の――といっても、もう昼近いが――席に着きながら、言った。

「そんなの、私だって反対するわ」

「ねえ、安全かどうか、ってのは実績ですものね。その会社は汚い手を使うので、有名らしいの」

「へえ。——で、その妹さんが包みを持って？」

「ええ。今朝、会社側の説明会があるので、それにぶつけるんだって。頑張って、って言っちゃった」

「そのオートバイの人は？」

「うん、同じ町の人で、工場には反対しない人に雇《やと》われてるらしいわ。——その包みを横どりしたかったみたい」

「でも、その人を撃《う》とうとしたのが、いるんでしょ？」

「他にも、それをほしがってる人間がいる、ってことなのよ。あ、コーヒーね」

「はいはい」

涼子はコーヒーをモーニングカップへ注《つ》いでやりながら、

「ピストルなんて、物騒《ぶっそう》ねえ」

「もめている時、それにつけ込んで、土地を買い占めたりするのがいるわね。そこが、ヤクザとかに金を出して、やらせたんじゃないかしら」

「でも——」

と、涼子が言いかけると、玄関のチャイムが鳴った。

「誰かしら？」

「私、出てあげる」

エリカはコーヒーをひと口飲んで、玄関へと行った。

「どなた？」

「開けて！　お願い！」

と、女の子の声。

「八代充子《みつこ》です！」

ゆうべの妹だ。エリカは、急いでドアを開けた。

八代充子が飛び込んでくる。

「ど、どうしたの？」

「助けて！」

エリカが面食らっている間に、玄関前に、ドカドカと足音をたてて、男が三人、立ちふさがるように現れた。

その真ん中のひとりは――。

「やあ、ゆうべはよくも騙《だま》してくれたな」

宮内《みやうち》だ。両わきのふたりは、もっと大柄で、見るからに不真面目《ふまじめ》そう（というのも変な言い方だが）だった。

「どっちが」

と、エリカは宮内をにらみ返した。

「いい？　あんたの代わりに撃たれたウエイトレスは意識不明なのよ、まだ」

「運が悪かっただけさ」

と、宮内は肩をすくめて、

「そこの娘をこっちに渡せ」

「断ったら？」

「俺はともかく、このふたりは気が短いんだ」

「私もよ」

「エリカさん、どなた？」

と、涼子が、虎ノ介《とらのすけ》を抱っこして現れた。

「お母さん、奥へ入ってて、その子を連れて」

「あ、そう」

涼子は、八代充子に、

「じゃ、いらっしゃい。大丈夫よ、エリカさんのことは」

「でも……」

「エリカさん」

と、涼子が心配そうに、

「あんまり壊さないでね、そのへんを」

「失礼ねえ」

と、エリカはむくれた。

呆気《あっけ》に取られていた宮内たちは、

「馬鹿にしやがって！」

と、怒りだした。

「痛い目にあわせねえと、分からないようだな」

付属のひとりが、玄関から上がってきて、ナイフをエリカの目の前に突きつけた。

「あんまり近づけると、寄り目になっちゃうわ」

と、エリカは言った。

「それに危ないわよ」

「危ないのはおまえだぜ」

「そう？」

ヒュッ、とナイフの刃がUの字に曲がってしまう。

男が目を白黒させた。

「安物買ったんでしょ」

エリカはそう言うと、男のズボンのベルトに目をやって、

「ベルトも安物ね」

バックルがパチンと開いて、ベルトが緩《ゆる》むと、ズボンがスルッと膝まで落っこちてしまった。

「な、何だ、こいつ！」

男はあわててズボンを引っ張り上げる。

「つまみ出せ！」

と、宮内が腹を立てて怒鳴った。

「そうか」

と、声がして――。

「ワッ！　ワッ！」

宮内と、もうひとりが、「つまみ上げられ」ていた。

クロロックが立っていたのだ。

「お父さん。会社じゃなかったの？」

「忘れ物をしたから、帰ってきたのだ。――ゆうべの奴《やつ》だな」

「放せ、この野郎！」

宮内が、えり首を引っ張り上げられて苦しげにわめいた。

「マンション内は、騒音が禁止されとる」

と、クロロックは言った。

「静かにしろ」

ゴン。——ふたつの頭が衝突して、ふたりとも廊下にヘナヘナとのびてしまった。

ひとりは、ズボンを押さえながら、あわてて逃げていく。

「仲間を放って逃げるとは、情けない奴だ。このふたりはどうする？」

「生ゴミに出す？」

——差し当たり、クロロックがエレベーターまで運び、一階のボタンを押して、戻ってきた。

「——忘れ物って何？」

と、エリカは訊《き》いた。

「出がけに、愛する妻にキスするのを忘れてな」

よく言うよ……。エリカのほうが、照れて目をつぶった。

「——遊園地？」

と、エリカは訊いた。

ないいの。

「はい」

八代充子は、ゆっくりと肯《うなず》いた。

「姉の夢でもあったんです。あの土地に遊園地を作ろうって」

クロロックともども、居間でお茶を飲んでいる。

クロロックは会社へ戻らなくていいのか、と心配する読者もあろうが、まあ、いいじゃないの。

「その工場が建つことになっているのが、遊園地に予定していた土地なのね？」

と、涼子が訊いた。

「そうなんです。地主さんは、約束してくれていたんです。他には決して使わせない、って」

「それがどうして化学工場に？」

「一年前でした。――私たちの町は、たいして大きくありません。お金持ちもいないい代わりに、そう貧しい人もいないし……。そこへ、あの会社の人たちがワッと入ってきて」

「土地の買い占め？」

「目の前に、札束をどんどん積むんですもの！　あれをやられたら、誰でもおかしくなっても、不思議じゃありません」

「へえ。やられてみたいわ」

と、涼子が言うと、クロロックが顔をしかめて、

「金など愛に比べたら、何の値打ちもない」

「お金のない人のセリフ」

と、エリカが冷やかした。

「ひとり、ふたり、と買収に応じて……。その人たちは、凄《すご》いお金が入って、他の所に大きな家を建てて、新車を乗り回して……。そんなのを見たら、他の人も、羨《うらや》ましくなります」

「分かるわ」

「だからこそ許せんのだ」

と、クロロックは力強く言った。

「工場用地のために、土地を売ってくれと交渉をするのは、仕事だから当たり前だ。しかし、その手段として、金への感覚を狂わせるというのは許せん」

「本当です」

と、充子は身を乗り出すようにして、

「町はすっかりおかしくなっちゃいました。前は、みんなが親戚同士みたいで、仲が良かったのに……。今は、お互いに、高い物を見せびらかしたり、悪口を言い合ったりし

て、町の中が、ピリピリしています」

「人間とは哀《かな》しいものだ」

と、クロロックが肯く。

「ワア」

「虎ノ介も、同感だと言っとる」

本当かね？　エリカは首をかしげた。

「でも、町の人の中でも、このままじゃいけない、っていう人が出てきました。で、その工場を作る会社のことを調べたんです」

「そしたら、前の工場で——」

「ええ。結局、前の町では反対運動がうるさくなり過ぎて、やっていけなくなったんです。で、私たちの町へ」

「迷惑な話ね」

「遊園地を作るはずだった土地も、もう半分は、その工場のために買い占められているんです。——町長さんが頑張って、遊園地の計画は諦《あきら》めない、と言ってますけど……。いつまでもつか」

「お姉さんは、その計画に加わってたの？」

「姉は、町長さんに頼まれて、遊園地の計画を立てていたんです。具体的な、広さとか、中のレイアウトとか……」

「楽しそうね」

「姉は保育士ですから。子供が何を喜ぶか、よく分かっているんです」

と、言ってから、充子は、ふと目を伏せて、

「分かっていた、と言わなきゃいけないんですね」

と、寂しげに言った。

「その遊園地、どんなふうになるはずなの？」

と、エリカが訊くと、充子はまた目を輝かせた。

「不思議の国のアリスなんです。――もちろん、そんなにお金をかけたものは作れませんけど、精一杯、アリスの世界を再現しよう、って……」

「それで、〈アリス〉なのね」

「でも――姉がいなくなって、もう誰も計画を進めていけないかもしれません……」

クロロックが、立ち上がって、充子の肩を軽くつかむと、

「元気を出せ！　夢は、いつでもただの夢から始まるものだ」

と、言った。

「うむ、我ながら名文句だ」

それがなきゃ、いいんだけどね、とエリカは思った……。

「あの包みは？」

と、エリカが訊いた。

「持っています」

と、充子が、しっかりとポケットを押さえる。

「これを、あの宮内に狙《ねら》われたんですもの」

「中は何なの？」

「分かりません」

「え？」

「姉から連絡があったんです。あの会社が計画を引っ込めざるを得なくなるような、凄《すご》い秘密の証拠を見つけた、って」

「それがあの包み？」

「そのはずです。それがどんなものなのか、私にも分からないんですけど……。で、姉は、あの店の所まで迎えに来てくれ、と言ってたんです」

エリカは、ゆっくり肯いて、

「気の毒なことしたわね」

「ただ気の毒では足りん」

と、クロロックが言った。

「お父さん、何のこと？」

「さっき、ニュースで聞いたぞ。あの車は、ブレーキが壊れていた」

「まあ、それじゃ――」

「しかも、誰かの手で、壊されていたということだ」

「じゃ――殺人じゃないの！」

エリカは興奮して、つい声を上げていた。

「正に、そうだ」

充子が頭をかかえて、じっと涙をこらえている様子だ。

「ひどいわ。――許せない！」

エリカが、憤然《ふんぜん》として、

「お父さん、充子さんたちの町へ行ってみましょうよ」

と言った。

「うむ」

クロロックも、しっかりと肯くと、

「何なら、うちの社の宣伝ビラをまいてこよう」

「何をケチくさいこと……」

と、エリカは父親をにらんだ。

「いや、もちろん冗談だ」

クロロックは、やや引きつった笑顔を見せて言った。

町の大通り

「何だありゃ？」

と、クロロックが思わず声を上げた。

「あの——雑貨屋さんなんです」

八代充子《やしろみつこ》が、少し言いにくそうに言った。

「あなたの町の雑貨屋さんって、パチンコ屋さんか何かを兼《か》ねてるの？」

エリカが訊《き》いたのも当然だっただろう。

何しろ、目をみはるような、派手なネオンサイン、建物はギリシアの神殿風《しんでんふう》とでもいうのか、太い柱が立ち並んで、女神《めがみ》の彫像《ちようぞう》までたっているのだ。

「いいえ。あそこも、例の土地成り金のひとりなんです」

と、充子が、ため息をついて、

「前は、あれに七色の噴水がついていたんですよね。でも——」

「噴水はやめたのね」

「水盤のところに、ニワトリがやってきて、水を飲むもんですから、汚れちゃって」

エリカは思わず噴き出しそうになった。

——確かに、アンバランスな町だった。

町自体は小さくて、可愛《かわい》いものだが、ごく地味な、住宅が何軒か固まっていると思うと、その隣に、デン、と白亜《はくあ》の大邸宅が構えている。

「あの新しい家を建ててるのも、今度、工場を建設しようとしてるのと、同じ系列の会社なんですもの。払ったお金を、そっちで取り戻してるんですわ」

「へえ……」

エリカも、その逞《たくま》しい商魂《しょうこん》に、呆《あき》れるばかりだった。

「工場をどうするかは、この町の人々が決めることだ」

と、クロロックは言った。

「しかし、それを判断するためには、公正な討議をする必要がある」

「ええ。本当は今朝、説明会があることになっていたんですけど——」

「中止になったの？」

「この包みのことを、聞きつけたからだと思います。なんとかして取り戻そうと思ったんでしょう」

充子は、町の通りを、クロロック父娘《おやこ》を案内して、歩いていった。

そろそろ夕方で、人の通りもふえてもいいころだったが、何だかゴーストタウンみたいに、人の姿がない。

少々気味の悪い感じだった。

「どうして、こう人がいないの？」

と、エリカが訊いた。

「あんまり外へ出なくなったんです」

と、充子が言った。

「工場建設の賛成派と反対派で、いつもケンカしてるでしょ？　外へ出て、下手《へた》に出くわすと、またケンカを始めるので……」

「かなわないわね」

「あ、ここが町役場です」

町役場は、三階建ての、古ぼけた建物で、町の新しい邸宅に比べると、ずいぶん見劣《みおと》りがした。

「それでも、前には町で一番立派な建物だったんですよ」

と、充子が言った。

役場へ入っていくと、働いていた何人かの人たちが、急いでやってきて、

「朋子《ともこ》さんが――」

「可哀《かわい》そうだったわね」

「元気出せよ」

と、慰《なぐさ》めてくれる。

「どうも……。今、警察で調べてくれています」

と、充子も涙を殺して、礼を言っている。

「町長さんは……」

「いるよ。そちらさんは？」

「私のこと、助けてくださった方です。力になっていただけそうなので」

そこへ、

「充子ちゃんか」

と、よく通る声がした。

「町長さん――」

「ひどいことだったね。――しっかりしてくれよ」

充子が、その町長を、クロロックたちに紹介する。

「これはどうも」

寺沢《てらさわ》という町長は、クロロックの手を固く握った。なかなか、風格のある人物だ。

町長室へふたりを通すと、寺沢は、

「いや、充子のことを助けてくださって、何とお礼を申し上げてよいか」

と、だいぶくたびれて色のあせたソファに腰をおろした。

「亡くなった朋子さんと充子さんは、町長さんとはどういうご関係なんですか」

と、エリカが訊いた。

「まあ、親代わり、といいますかね。あの姉妹の両親は、私の古い友人でして。しかし、ふたりとも早くに事故で死んでしまったので、後はずっと私が面倒をみてきたのです」

「そうですか」

「姉のほうは、大変利発《りはつ》な子で。今度の〈不思議の国〉の設計でも、大張り切りだったのに……。まったく、犯人をこの手で絞《し》め殺してやりたい！」

と、寺沢は顔を真っ赤にして、怒っている。

「分かります」

と、クロロックは肯《うなず》いて、

「我々は、成り行きで、あの妹のほうを助けることになったわけだが、この町も、大変なことになっとるようですな」

「ご覧の通りです」

と、寺沢は、首を振って、

「私も町の発展は望まないわけではない。しかし、子や孫の代になって、悔《く》やむようなことはしたくないのでね」

「それは正しい判断ですな」

「恐れ入ります。しかし——私も、来年には任期が切れますので。次の選挙では、とても勝てないでしょう。会社側が、全面的に援助して、対立候補を立ててくるでしょうからね」

「そこは、この町の問題だが——」

クロロックは、少し考えてから、

「しかし、八代朋子は、いわば殺されたのと同じですからな。それを仕掛けたのが、会社側と分かれば、町の人々の気持ちも変わるのでは？」

「それを、次の説明会までに確かめられればいいのですが」

「というと？」

「会社側は、次の説明会が済んだら、強引に着工すると言っています」

「無茶だわ！」

と、エリカは思わず言った。

「確かに。しかし、相手は大きな力を持っています。県の役人やお偉方《えらがた》には、顔もつないでいる。一町長の力では、とても止められません」

——そこへ、充子が、お茶を運んできた。

寺沢は、充子から、例の包みのことを聞くと、目を輝かせた。

「それは凄い！　早速開けてみようじゃないか」

と、身を乗り出す。

「ええ。でも……」

と、充子は、ためらった。

「どうしたんだね？」

「姉の言葉で……。これは必ず『説明会の席で開いて』と……」

「どういう意味だろう」

と、寺沢は眉《まゆ》を寄せた。

「分かりません。でも、いわば姉の遺言《ゆいごん》ですから、その通りにしてやりたいんです」

「なるほど」

寺沢は、肯いて、

「朋子君がそう言ったのなら、きっと何か意味があるのだろう」

「説明会はいつに決まったんですか」

「三日後ということだ」

「三日後……。でも、姉の車に細工した人間が、三日で見つかるでしょうか？」

「分からないな」

と、寺沢は首を振って、

「ともかく、工場の着工は避けられない様子だよ」

「そうですか」

充子は、肩を落として、

「本当なら、あの遊園地を着工してるころだったのに」

「まったくだ」

――少し沈黙があった。

クロロックが、突然、凄《すご》い力でテーブルを叩《たた》いた。バシッ、と音がして、テーブルは真っぷたつに割れてしまった。

「諦《あきら》めることはない！」

クロロックは力強く言った。

「いいですかな？　諦めた瞬間、もうその人間は負けておるのだ。『負けてもいい』のと『負けていい』のとでは、大違いなのですぞ。負けても
いい、という捨て身の気持ちでぶつかれば、必ず道は開ける！」

エリカも、父の話の持つ説得力には、いつも感心していた。

この場合も、クロロックの人並み外れた（当たり前だが）エネルギーは、寺沢と充子に感染したようだった。

「その遊園地のプランは、どこまでできとるんですか?」

と、クロロックが訊いた。

「かなり具体的なところまで……」

と、充子が言った。

「設計図も?」

「あります」

「見せていただきたい」

「どうぞ。——三階にあります」

案内されていく途中、エリカは、父のわき腹をつついた。

「ちょっと!」

「何だ。腹が空《す》いとるのにつつくな」

「何言ってんの。——設計図なんか見て、どうすんのよ!」

「見て悪いか?」

「分かんないでしょ?」

「任《まか》せておけ」

クロロックはなぜか自信満々だ。——エリカは少々不安だった。

何を考えてんのかしら?

「――これが模型です」

三階の部屋へ入り、明かりをつけると、大きな遊園地の、彩色された模型が、真ん中に置かれていて、エリカは目を丸くした。

「すてきね！」

「人工的な印象を与えないように、できるだけ自然に、というのが姉の考えだったんです」

確かに、ジェットコースターも、ゴーカートもないが、いかにも駆け回り、飛び回るのにふさわしい空間だった。

「設計図は？」

と、クロロックが訊く。

「ここの戸棚に――。かなり細かく作ってあったんです。もう業者を決めようかという話まで出ていて……。あら、何かしら？」

窓の外が、騒がしくなった。

覗いてみると、町の通りで、人が何やら集まってワイワイやっている。

「また、ケンカだわ」

と、充子がため息をついた。

――突然、人の塊《かたまり》がワッーと散った。男がふたり、殴《なぐ》り合っている。

「いやだ！」

　充子が、声を上げた。

「武夫《たけお》さん！」

　そして部屋を飛び出していってしまう。

「――どうする？」

　と、エリカが訊くと、クロロックは、

「おまえ、適当にやってこい。私はここの設計図を見ておる」

「分かったわ」

　エリカは急いで階段を駆けおりながら、うちのお父さん、いつの間に、あんなものに興味を持ち始めたのかしら、と首をかしげていた……。

「やめて！」

　と、ケンカの中へ、充子が飛び込んでいった。

「武夫さん、やめて！」

「危ない！　どいてろ！」

　武夫というその若者、充子を押しのけると、相手のひとりをぶん殴った。

「お願い！　――もう、やめて！」

　と充子が叫ぶが……。

何しろ、両方合わせて、七、八人の大乱闘だ。女の子ひとりの声など、とても届かない。

と──そこへ、いきなり、水が降ってきた。男たちはびっくりして、

「ワッ！」

「冷てえ！」

と、一斉に散る。

「──はい、ここで休戦」

エリカが、水道から引いてきたホースの先を下に向けて、

「充子さん、水を止めてきてくれる？」

「はい！」

充子が、急いで駆けていった。

「──何だ、おまえは？」

と、武夫という若者が言った。

「見たことのない顔だな」

「そりゃ、初対面ですものね」

「賛成派か？　反対派か？」

「私は、八代朋子さんの殺された事件を調べてるの」

「決まってら」

　と、武夫は言った。

「この連中が、やらせたんだよ」

「何だと！」

「やるか！」

　と、またケンカを始めそうなので、エリカは、

「いい加減にしなさい！」

　と、一喝《いっかつ》した。

　さすがに吸血鬼は声が大きい（関係ないかな？）。誰しもびっくりして、黙ってしまった。

「この町の人がひとり、殺されたのよ。そんな時に、ケンカなんかして、恥ずかしくないの？」

　エリカがにらみつけると、かなり迫力がある。

　みんな、何となく、ばつが悪そうにして、立っていたが、そのうち、ひとり、ふたりと散っていった。

　戻ってきた充子へ、武夫と殴り合っていた男が、声をかけた。

「充ちゃん。——姉さんのこと、気の毒だったな」

「ありがとう……」

「俺は……賛成派だけど、あんなひどいことはしないぜ」

「ええ。分かってるわ」

と、充子は肯いた。

――結局、残ったのは、エリカと充子、それに武夫の三人。

「小田《おだ》武夫です」

と、エリカと握手して、

「充ちゃんを助けてくれたんですね」

「たいしたこと、やってません」

エリカが珍しく（？）控え目な言葉をつかっている。

「武夫さん。いい加減、ケンカはやめて」

と、充子が、武夫の腕を取る。

「やりたかないよ。しかし、向こうが仕掛けてくるんだから」

「いつも、ケンカの始めは、その口実ですからね」

と、エリカは言った。

「でも、もし水をかけなかったら、あなた、今ごろは――」

「僕は大丈夫」

武夫は自信ありげだった。

「腕《うで》っ節《ぷし》には自信があります」

「いくら自信があってもね」

エリカは、歩いていくと、何かを地面から拾い上げた。

「何ですの？」

「ナイフ」

エリカは、刃の長さ十センチはある、鋭いナイフを手にのせて、

「どさくさの中で、あなた、きっと刺されてたわ」

と言った。

さすがに、武夫も青くなった。

「でも――まさか、町の人同士が？」

と、充子は、啞然《あぜん》として、

「今、ここでケンカしていたのは……でも、町の人だけです」

「殺し合いになるところだったのか」

武夫も、少なからずショックだったらしい。そのナイフを手に取ろうとする。

「待って」

と、エリカが止めて、

「これから、指紋《しもん》が採《と》れるかもしれないわ」

武夫は、充子と、ちょっと顔を見合わせてから、

「いいんです、僕に下さい」

と、手をさし出した。

「誰が殺そうとしたのか、調べなくても、いいの？」

「ええ。——少なくとも、同じ町の人間なら、逮捕させたくないですよ」

武夫は、ナイフを受け取ると、肩をすくめてみせた。

「説明会は三日後だって……」

「聞いてる。——開きさえすれば、会社側は、もう『約束を果たした』と言って、押し切ろうとするさ」

「でも……」

「説明会そのものを中止させるんだ。それしかない」

武夫は、力強く言った。

説明会

「——じゃ、大変ね」

と、みどりが言った。

「そう。明日の説明会、荒れるわ、きっと」

と、エリカは首を振って言った。

大学のキャンパス。——いくらエリカが正義感の強い人間でも、そう学校をサボってはいられない。

昼休みだった。——エリカたち三人組は、芝生に寝転がって、エリカは空を眺め、千《ち》代子《よこ》は本を広げ、みどりは——もちろん、食べていた……。

「だけどさ、その包み、何が入ってるのかしら？」

と、千代子が言った。

「本を読みながら、よくしゃべれるわね」

と、エリカが感心しながら言った。

「読んでない。文字を見てるだけ」

「どこが違うの？」

「似たようなもんね」

「よく分からん。――あの包みのことは、朋子《ともこ》さんの言い遺《のこ》した通り、説明会の日に、はっきりするでしょ」

「だけどさ」

と、みどりが言った。

「今さら、どうしようもないんじゃないの？　もう工場建てるばっかりに、なってるんでしょ？」

「うん……」

エリカは、父と一緒に、その土地も見てきたのだ。

小高い丘は、もうすっかり平らにならされていて、工事にかかるばかりになっていた。

いくらかの土地は、まだ会社側が買い取っていないのだが、工事が始まってしまえば、諦《あきら》めて、売ることになるだろう。

「遊園地を作るのにはぴったりの場所なんだけどね」

と、エリカが言った時だった。

「エリカ！」

と、友だちのひとりが走ってくるのが、見えた。

「ここよ！——どうしたの？」

「今、電話で……」

と、息を切らしながら、

「八代《やしろ》さんって女の人」

「充子《みつこ》さんだわ。何ですって？」

「何だか……説明会が急に今日になったからって」

「ええ？」

エリカは飛び上がった。

「汚い！　反対派の人たちが、何も準備できないように、くり上げたんだわ！」

「今から行っても間に合わないんじゃないの？」

と、みどりがクールに言った。

「そうかもしれないけど……。行ってみるわ！」

エリカは、校門へ向かって、猛然と駆けだした。

「ともかく——」

と、充子が言った。

「突然だったんです。町の中を、スピーカーをつけた車が走り回って、『十分後に説明会を開きます』と言って……」

「町の人たちは？」

「賛成派の人たちは、聞いてたようです。でも、私たちはびっくりして」

「寺沢《てらさわ》町長さんは？」

「止める権限はない、ということで……。私たち、ともかく会場へ駆けつけたんです。でも……」

と、充子は、言葉を切った。

「で――ちゃんと説明会を開いたの？」

「いいえ」

「じゃあ……」

「初めから、向こうも、説明会を開いた、という事実だけあればいいと思ってるようでした。私や、武夫《たけお》さんは、いちおう、揃《そろ》えられるだけの資料を持っていったんですけど」

「じゃ、何も説明なしに？」

「会社の人が『説明会を開きます』と言ったとたんに、賛成派の人が前のほうで、『異議なし！』って怒鳴ったんです。そしたらワーッと拍手が起こって……。会社の人が、

『これで説明会を終わります』って」

　無茶苦茶だ！

「武夫さんが怒って、会社の人たちのほうへと迫っていったんですけど、たちまち男たちに囲まれて……。会社が雇った人たちですわ、あれ。町の人じゃありませんでした」

「で――ケンカになって……」

「ええ。――反対派の妨害で、説明会が中断された、と記者会見で会社の人はしゃべってました」

　充子は、ため息をついて、

「大人って、みんなこんなに汚いことばっかりやるんですか？　私、もういやになっちゃって」

　そうね……。ま、国のもっと偉い人だって、同じようなことやってるけど。

「じゃ、あなた、例の包みを出す暇《ひま》もなかったのね」

「そうなんです。武夫さんが頭を殴られて、タラタラ血をながしてるんで、びっくりして、もう、それどころじゃなくて」

　――エリカと充子は、混乱のあとを、そのまま残している町の集会場に入っていた。

　椅子は引っくり返り、黒板は倒れ、ビラは至《いた》るところに飛び散って、何とも凄《すご》い。

「武夫さんのけがは？」

と、エリカは訊いた。

「ええ、たいしたことないみたいです。——武夫さん、『俺は石頭だから』なんて笑ってましたけど」

「困ったもんね」

エリカは、腕組みをして言った。

「これで、もう明日の着工、とても止められません」

と、充子は肩を落として、

「いろいろ、励ましていただいたのに……」

「そんな弱音《よわね》を吐《は》かないで」

エリカは、充子の肩を抱いた。

「お姉さんの敵《かたき》を討《う》たなきゃ。悔《くや》しいじゃないの！」

「ええ……」

——そこへ、誰かが走ってきた。

「あ、充子ちゃん、ここにいたのか」

役場の人である。

「何か——」

「町長さんの姿が見えないんだよ」

エリカと充子は顔を見合わせた。

「でも……私、見かけてません」

「説明会がある、っていうんで、ともかく様子を見てくるって飛び出していったんだけどね」

「町長さんが？　私、見かけなかったけど」

エリカは、その時、ふと気になる匂《にお》いをかぎつけた。

埃《ほこり》っぽい匂いに消されて、気づかなかったのだが……。でも、もちろん、武夫も血を流したそうだし。

しかし、この匂いは、かなりの量の血だ。

エリカは、椅子がめちゃくちゃに引っくり返っている間を、かき分けるようにして、歩いていった。

「エリカさん」

と、充子が、気づいてついてくる。

エリカは、椅子が、わきへ寄せられたように重なっているところで、足を止めた。かがみ込んで、床の上を覗《のぞ》く。――誰かの顔が見えた。

「どうかしたんですか？」

と、充子が訊いた。

「町長さん、ここにいるわ」

と、エリカは言った。

「残念ながら、もう生きてないけど」

「まさか――」

と、充子は目を丸くした。

「この血の出方から見て、ただ殴《なぐ》られたとかじゃなさそうね」

とんでもないことになった。――エリカは、立ち上がると、

「警察へ連絡しなきゃ」

と言った。


「じゃ、その武夫さんって人が？」

と、涼子《りようこ》が夕食の支度をしながら、言った。

「そうなの。――ナイフは、確かに私が、あのケンカの時に取り上げたやつで、小田《おだ》武夫の指紋をつけていたのよ」

「じゃ、誰かがそれを奪って？」

「そうらしいの。当人も、何しろ大あわてで会場へ駆けつけたわけだし、ナイフを持っていたかどうか、憶《おぼ》えていない、って言うの」

「それはそうでしょうね。──ほら、虎《とら》ちゃん！　おとなしく食べなさい」

一日に何十回となく、同じセリフを口にしている涼子だが、まあ、小さな子供が、おとなしくフルコースなど食べていたら、かえって気味が悪い。

「お父さんが、肝心《かんじん》の時にいないんだから」

と、エリカが文句を言うと、

「お仕事で出張なんですって。社長さんともなると、忙しいみたい」

「そうでしょうけどね」

しかし、武夫は、頭を殴られたあげく、殺人容疑をかけられているのだ。ふんだりけったりとはこのことである。

「じゃ、もう明日から工事にかかるの？」

と、涼子が訊く。

「たぶんね。反対派も、かなり諦めムードがこくて」

「虎ちゃん、お口に入れたものを出しちゃだめ！」

幼児のいる家では、しばしば会話が中断されるのを覚悟しなくてはならない。

「でも、どうして町長さんが殺されるのかしら？」

「私にも分からない。町長は、工場にどっちかといえば反対のほうだったけど、だからって、運動の先頭に立ってたわけじゃないし」

いのよ!」

「そうね。——ほら! 虎ちゃん、ちゃんとお皿を押さえて! お皿はスプーンじゃないのよ!」

エリカが、涼子の悪戦苦闘のさまを見ながら、いつか私もこんな目にあうのかしら、などと考えていると、電話が鳴った。

「私、出るわ」

と、エリカが立ち上がると、今度は玄関のチャイムが鳴る。

どっちに出よう? エリカは、立ったものの、オロオロしていた。

「私、電話に出るわ」

と、涼子が言った。

「きっとあの人からだわ。どこにいても、必ず夜には電話してくるの。『おまえの声を聞かないと眠れないんだ』とか言って……。可愛《かわい》いのよね、あの人……」

「のろけてないで、出るなら出て!」

エリカは、玄関へと急ぎながら、言った。

「あ、はいはい。——もしもし。クロロックでございますが……」

まったく、夫婦揃って呑気《のんき》なんだから!

エリカが玄関で、

「どなた?」

と、声をかけると、

「すみません、八代充子です」

「あら」

ドアを急いで開けると、充子と、頭にグルグル包帯を巻いた小田武夫が立っていた。

「あなた、病院へ入っていなくても大丈夫なの？」

「逃げてきたんです」

と、武夫が言った。

「あの宮内《みやうち》にでも追われたの？」

「いえ、警察に、です」

エリカは啞然《あぜん》とした。ともかく、ふたりを中へ入れると、

「上がって。――じゃ、あなたのこと、殺人犯だというの？」

「そんなことってありませんわ！」

充子は、悔しさをぶつけるように、

「ナイフに指紋があったからって……。あんな状態で、町長さんを刺せるわけがないのに！」

「そうよね」

「だいたい、この人がどうして町長さんを殺すんですか。警察も、もう信じられない

「……」

充子が泣きだした。

「泣くなよ」

武夫が、充子の肩を抱いて、慰《なぐさ》める。

「——エリカさん、でしたよね。僕のせいで、ご迷惑かけてはいけないと思いますが、今夜だけで結構なんです。置いていただけませんか」

「いいけど……。明日はどうするの？」

「工事着工に反対して、殴り込んでやります！」

「だけど——」

「僕が殺人容疑なんかかけられたので、反対派が意気消沈《しょうちん》しているんです。でも、僕が負けてないってところを見せれば……。泣くなよ」

とは、もちろん、充子へかけた言葉である。

ともかく、と、エリカがふたりを居間へ連れていくと、涼子が何やら電話のそばに座って、ぼんやりしている。

「お母さん、どうしたの？」

と、エリカは声をかけたが、何だかぜんぜん耳に入っていない様子だ。

「お母さん——」

「今、会社の人から、電話で……」

エリカは、ただならぬ涼子の様子に、一瞬父が死んだのかと思った。――どうしよう！

私、虎ちゃんの面倒みるのなんかいやよ！

が――考えてみりゃ、そんなわけもない。

「どうしたの？　お父さんが何か？」

「あのね。――会社の人が、こう言ったの。『社長はご在宅でしょうか』って。だから、『仕事で出張のはずです』って言ったら……。何て言ったと思う？」

「知らないわよ」

「『社長は、今日はお休みで、出張されておりません』ですって！　分かる、エリカさん？」

「へえ」

「私に嘘《うそ》をついて！　あの人が、私に嘘を……。なんてことかしら！」

「ちょっとオーバーじゃない？　何かわけがあって――」

「分かってるわ」

と、涼子は肯《うなず》いた。

「え？」

「分かってるのよ」

「分かってんのなら、別にびっくりすることないじゃない」

と、エリカは笑って言ったが……。

どうも涼子のほうは笑う気分になれない様子だった。

「ね、何を心配してるの？」

と、エリカが訊くと、涼子は、

「女よ」

と、言った。

「女？」

「どこか、他に女を作ったんだわ。その女のところへ行くので、私に、出張してるなんて、嘘をついて……」

「ちょっと！　そんなふうに決めちゃわないで——」

「いいえ、分かってるの！　もう、私たちの生活はおしまいだわ！」

涼子が、ワッーと泣きだす。

「あの……ねえ……ちょっと、落ち着いて。お父さんにそんなことが……」

エリカが、いくらなだめようとしたって、ぜんぜん受けつけない。ワーワー、声を上げて泣きじゃくっている。

そのおかげで、充子のほうがびっくりして、泣くのをやめてしまった。

「あの……。悪い時にお邪魔《じやま》して」

と、充子がおずおずと言った。

「いいのよ。――それにしても、お父さん、どこへ行っちゃったんだろう」

エリカは、首をかしげた。

取り囲まれて

エリカは、目を開いた。

何だか、様子がおかしい。——どこが、と言われるとよく分からないのだが、何となく、気になる。

ベッドを出て、パジャマ姿で、廊下《ろうか》へ出てみる。

何の物音もしなかった。——そっと寝室を覗《のぞ》いてみると、涼子《りようこ》と虎ノ介《とらのすけ》が、ぐっすりと眠っている。

涼子は夫への失望に泣き疲れて眠り込んだ、というのなら、まあドラマチックであるが、いとも平和に、口を開けて、寝息をたてながら眠り込んでいた。

「なんだかんだ言ったって、幸せなんだから」

と、呟《つぶや》いて、そっとドアを閉める。

居間を覗くと、ソファで充子《みつこ》と武夫《たけお》が眠っている。

——別に何ということはないのだが。

それでも何となく、落ち着かない。

自分の部屋へ戻ろうとして、エリカはふと、ベランダに面したガラス戸のカーテンに目を留《と》めた。

そうか……。あのライトだ。

車が通るのなら、ライトはスッと通り過ぎていくだろう。しかし、あのカーテンに映った光は、いっこうに動かない。

何かしら？

エリカは、そっと自分の部屋の窓へ寄って、表を覗いてみた。

——車が、それもパトカーが、何台も停《と》まっている！

そうか、小田《おだ》武夫がここに来たことを、かぎつけたのだ。

「参ったな……」

エリカは、ちょっと考えてから、すぐに服を着替えた。ぐずぐずしてはいられない。

父がいたら、楽なのに。——でも、まあ、どこをぶらついてるにしろ、留守の間は、私がここを守るしかないんだし。

エリカは、寝室のドアをしっかり閉めると、居間へ行って、そっと武夫と充子を揺すって起こした。

「——何か？」

パッと充子のほうが目を覚ます。

「警察が下に来てるわ」

武夫が欠伸《あくび》をして、

「――何ですって？」

「警察よ。このマンションの前にいるわ」

武夫はパッと立ち上がって、

「いてて――」

と、頭を押さえた。

「無茶しないで。もう、マンションは囲まれてると思ったほうがいいわね」

「――宮内《みやうち》だわ」

と、充子が言った。

「宮内って、あの？」

「ええ。ここへ来る途中で、チラッと、似た人を見たんです。もしかしたら、と思ったけど……」

「大丈夫。何とかなるさ」

と、武夫が言った。

「いざって時は、僕ひとりが捕《つか》まりゃ済むことだ」

「いやよ！」

充子が、武夫に思い切り抱きついた。

「お姉さんもいなくなって……。もう、誰も私を支えてくれないんだもの」

「充子──」

「武夫さんについていくわ！　どこまででも！」

充子は、じっと燃えるような目で、武夫を見つめながら、

「刑務所だって、一緒に行く！」

「そんなの無理だよ」

「いいわ。新しく夫婦用の刑務所を作ればいいんでしょ」

恋をすると、こんなものかしらね、とエリカは、感心するやら呆《あき》れるやら。

「ま、ともかく、ここにいて」

と、エリカは言った。

「私が何とかしてみるわ」

「でも、そんなご迷惑は──」

「もうたっぷりかけてるんだから、今さら気にしなくてもいいわよ」

と、エリカは、ウインクしてみせた。

「いい？　ここから出ちゃだめよ」

エリカは、玄関へ出ると、ドアに耳を当てた。

廊下には、物音がしない。――ということは、まだここまで警官が上がってきていない、ということである。

エリカは、そっとドアの鍵《かぎ》を開け、チェーンを外した。

ドアを開ける。――廊下の左右を素早く見渡したが、今のところは大丈夫。

ドアを閉めて、鍵をかけた。

しかし――さて、どうしたものか。

エリカにも、考えはなかったのだ。

すると――ブーンと、エレベーターの上がってくる音が、聞こえてきた。誰か来る！

警官隊だったら、厄介《やっかい》だわ、と思いつつ、エリカは、非常階段のほうへと駆けていき、身を隠した。

エレベーターの扉がガラガラと開いた。――あの、レストランのウエイトレスを撃った、黒い上衣《うわぎ》の男だ。

何しに来たんだろう？

エリカは、じっと息をひそめて、様子をうかがっていた。

男は、エリカたちの家のドアの前で足を止めると、チラッと左右へ目をやって、鍵を開けようと、針金を、つっ込んで何やらやり始める。

エリカのところの鍵は、特別にしっかりできているので、そう簡単には開かないのだ。

男のほうも、少し苛立《いらだ》ってはいるようだったが、諦《あきら》めずに、鍵穴をいじくり回している。

壊さないでよね、高いんだから。

エリカは、よっぽど、文句を言ってやろうかと思った。

しかし——どうしよう？

もちろん、やっつけるのは簡単だが、それでは先のことが……。

その時、エリカは非常階段に、足音を聞きつけた。誰かが上がってくるのだ。

警察かと思ったが、ひとりで来ることはないだろう。

エリカは、いったん、階段を少し上がって、様子を見ることにした。

あれ？

上がってきたのは、宮内だった。

廊下へ出ると、ドアの前の、あの黒い上衣の男と、顔を合わせて、ハッとする。

ふたりは、しばらくにらみ合っていたが……。

やがて、黒い上衣の男が、

「——話し合おうじゃねえか」

と、言った。

「よし」

宮内もホッとした様子だ。

「外にサツがいる」

「分かってる」

宮内は肯《うなず》いて、

「僕が呼んだんだ」

「ドジな奴《やつ》だな」

と、黒い上衣の男は苦笑して、

「どうして、後で呼ばなかったんだ？」

「何だと？」

「狙《ねら》いは分かってる。例の、娘の持ってる包みだろう」

「そうだ」

「俺は、おまえを雇った会社の連中を困らせるのが仕事だ」

「だから？」

「いいか」

と、黒い上衣の男は、声を少し低くして、

「相談だ。——その包みってやつを、ふたりのものにしないか」

「それを会社に買い取らせるんだ」

宮内は、ゆっくりと肯いた。

「なるほどね」

「悪くないだろ？　礼金だけじゃ、面白くも何ともない」

「それはそうだな」

宮内は、チラッとドアのほうを見て、

「あのふたりはどうする？」

「殺すさ」

と、黒い上衣の男は、あっさりと言った。

「しかし、殺したら——」

「心配するな。警察に囲まれたのを知って、心中だ」

「なるほど」

宮内は、首を振って、

「どうも、あんたのほうが、一枚上らしい」

「分かりゃいいのさ。——下の様子は？」

「まだ、完全な手配には、十分やそこら、かかるだろう」

「何だって？」

「じゃ、早いとこやっつけよう」

黒い上衣の男は、ポケットから、ロープを取り出した。

「これでふたりが仲良くあの世へ行くってわけだ」

「ここに住んでる妙な奴《やつ》は？」

妙な奴とは何よ、とエリカは心の中で、文句を言った。

「大丈夫。父親のほうは今、いない。娘のほうは、ふたりでかかりゃ、どうってこたあないさ」

「そうだな」

「なんなら、どこかへ連れていって、可愛《かわい》がってやるか」

ふたりが、忍び笑いを洩《も》らすと……。

「ハハハ」

と、明るい笑い声が廊下に響いた。

ふたりはギョッとして振り向く。

「可愛がってくれるんだって？」

と、エリカは言った。

「それは、こっちのセリフ！」

猛烈に怒っていた。怒ると、やはりエリカだって強いのである。

　エリカの体が、弾丸のような勢いで、廊下をつっ走った。

　黒い上衣の男、そして宮内のふたりが、宙にはね飛ばされた……。


「——あら、おはよう」

　と、涼子が、欠伸《あくび》しながら、居間へ入ってくる。

「エリカさん、早いのね」

「心配でね。お母さんが嘘を悲しんでいるかと思うと」

　と、エリカは言ってやった。

「ああ、あの人のこと」

　と、涼子は笑って、

「大丈夫よ。あの人、浮気なんかしないと思う」

「そうよ」

「もし、浮気したら——」

「したら？」

　涼子が、キッと怖い目になって、

「めちゃくちゃひっかいてやるわ！」

「おおこわ。吸血鬼より、よっぽど怖いよ！」

「何言ってんの」

と、涼子はまた笑顔に戻って、

「あら、ゆうべのふたりは？」

「うん。夜中に警察が来てね、連れてったわよ」

「あら、そう。じゃ朝ご飯はいらないのね」

と、台所へ行こうとして——。

「エリカさん！　それじゃ——」

「ご心配なく」

と、声がした。

武夫と、充子が、台所から出てきた。

武夫は、黒の上衣。充子は、男ものの服を着ていた。

「——どうしたの？　お色直し？」

と、涼子が言った。

「私が、宮内と殺し屋のふたりをのしてやったの」

と、エリカは言った。

「また……。エリカさんたら、そういうことを他人の前で話すから、もてなくなるのよ、ますます」

「失礼ねえ、ますます、だなんて」

と、エリカは渋い顔をした。

「エリカさんが、あのふたりに、私たちの服を着せたんです」

と、充子が言った。

「少し眠らせたから、ふたりとも頭がモーローとしてるはずよ。警察は、てっきりあのふたりが武夫さんたちかと思って、引っ張っていったわ」

「おふたりの服って……。でも――」

と、涼子が、不思議そうに、

「男の人ふたりでしょ、向こうは？」

「ですから――」

と言いかけて、充子がクスッと笑いだしてしまう。

「僕の服を、例の殺し屋のほうへ、彼女の服を、宮内へ着せたんです」

と、武夫もニヤニヤしながら言った。

「私のアイデアよ」

と、エリカが得意そうに、

「お化粧もしてあげて、――結構似合ってたわよ、ねえ？」

「エリカさんったら」

涼子は、楽しげに言った。

「で、これからどうするの?」

「もちろん」

エリカは、ふたりのほうを見て、

「工事の着工を食い止めるのよ!」

と、言った。

着工の朝

「そうだわ」

と、エリカが言った。

あの町へと急ぐ車の中である。

エリカの運転なので……。その先は言わぬが花だが、ともかく早いことは確かだった
……。

「充子《みつこ》さん」

「はい」

「あの包みを開けてみましょうよ。もう説明会も済んじゃったんだし」

「そうですね」

充子は、包みを取り出すと、

「いったい何かしら？」

「僕も見当がつかない」

「でも、会社をやっつける、重大な証拠品だって……」

包みを開け、中の箱を開けると——。

「——あら」

と、充子が声を上げた。

「どうしたの？」

「空《から》だわ」

エリカは、びっくりして、車をいったん道のわきへ寄せて停《と》めた。

「見せて」

「本当だ。何も入ってない」

武夫《たけお》から受け取って、エリカは箱の中を見た。

捜すほどの大きい箱じゃない。——空っぽである。

「変だわ」

と、充子は言った。

「私、ずっと持ってたのに！　盗まれるわけないわ」

「そうだ。しかし、現実に、空だよ」

「——どうしましょう」

と、充子は、すっかり気落ちしてしまっている。

「今さら仕方ないわ。ともかく、向こうへ行くのよ」

エリカは、再び車をスタートさせた。思いっ切り、アクセルを踏む。


「——凄《すご》い」

と、エリカは言った。

現場の周囲は、警官隊で固められて、とてもそばへ近づけない様子だった。

「これじゃ、とても……」

と、武夫も、目を丸くしている。

「どうしようもないですね」

と、充子は、がっかりしたように言った。

——ま、三人で話しているのでも分かる通り、エリカの運転する車は、無事ここへ辿《たど》り着いたのだった。

反対派の町民が、武夫たちを見つけて、やってきた。

「武夫！　おまえ、捕まったんじゃないのか？」

「ここにいるだろ」

「でも、ラジオで——」

「ラジオだって、間違えることはあるんですよ」

と、エリカは言った。

「その通り」

と、後ろで声がした。

「お父さん！」

クロロックが、立っていた。

「どこに行ってたのよ！」

「そう怒るな。――忙しかったのだ」

と、クロロックは言って、

「もう始まったらしいな」

警官隊のバリケードの向こうで、クレーン車やブルドーザーが、動いている。

「とうとう止められなかったわね」

と、エリカは言った。

「止めなくてよいのだ」

と、クロロックが肯《うなず》く。

「どうして？」

「まあ、見ておれ」

いやに自信ありげである。

しばらく工事が進むのを眺めていた町の人々も、諦《あきら》め半分、ひとり、またひとりと家へ戻り始めた。

そこへ――。

大きな外車が、オートバイに守られてやってきた。

「あれ、何？」

「この会社の社長だ」

と、クロロックが言った。

車から、降りてきたのは、いつも不機嫌《ふきげん》そうな顔をしているような、六十がらみの男だった。

反対派が野次《やじ》を浴びせると、ジロッとそっちのほうをにらんで、フンとせせら笑うと、現場のほうへ歩いていく。

「しゃくにさわるわ！」

と、充子が声を震わせた。

「行ってみよう」

とクロロックが歩きだした。

エリカたちは、何だか、よくわけの分からないまま、ついていった。

「失礼」

クロロックが左右へ手を振ると、警官が道をあける。もちろん、催眠術である。

現場まで入ってみると……。

「何だ、これは！」

と、あの社長が怒鳴っている。

「誰がこんなものを作れと言った！」

「どうしたの？」

エリカが目を丸くしている。

「待って……」

充子が、ブルドーザーの掘り起こしている穴を見ながら、

「これ――あの遊園地の設計通りだわ！」

「その通り」

と、クロロックが肯《うなず》く。

「苦労したぞ、工事の担当者に、あの図面を憶えさせるのには」

「お父さんったら！」

――そこへ、パトカーの音がした。

「来た！」

と、武夫が振り向く。

「もういい。逃げるもんか。潔白《けっぱく》を証明してやる」

「大丈夫だろうさ」

と、クロロックが言った。

刑事が、現場へやってくる。

「君たち！」

と、社長が、刑事のほうへ歩いていって、

「そこにいる連中を逮捕してくれ！　ふざけた奴らだ」

顔を真っ赤にして怒っている。

「いや、逮捕状は、あなたへ出ています」

と、刑事が言った。

「何だと？」

「人を雇って、八代朋子《やしろともこ》さんの車に細工《さいく》させたこと。町長の寺沢《てらさわ》さんを殺させたこと。ちゃんと証拠は出ています」

「そんな――」

「ご同行願います」

「ふざけるな！　私は――」

社長の手首に、ガシャッと手錠《てじょう》が鳴った……。

――思いがけない成り行きで、工事も中断。

やがて、その場所には、誰もいなくなってしまった。

もちろん、クロロック、エリカ、武夫、充子の四人以外は、ということだ。

「――呆《あき》れた」

と、エリカは言った。

「でも、これで、工場建設はなくなったよ」

と、武夫は言った。

「そうね」

充子は肯いて、

「遊園地ができるかしら？」

「一からやり直して、何とか成功させたいね」

「この土地は、あの会社のものだ」

と、クロロックが言った。

「この事件でのイメージダウンを救うためにも、遊園地を作れ、と持ちかけてみることだな」

「それ、いい手ね！」

と、エリカが指を鳴らした。

「でも——」

と、充子は、考え込んで、

「姉の残した包みは、何が入っていたのかしら？」

「初めから、空《から》だったのだろう」

と、クロロックが言った。

「初めから？　お父さん、それ、どういうこと？」

「つまり、そういうものがある、と会社側が知れば、当然、運ぶのを邪魔《じゃま》したり、奪ったりしようとするだろう」

「あ、そうか！」

エリカには、やっと分かった。

「その違法行為を、世間へ訴えていくつもりだったのね」

「まさか殺されるとは思わなかっただろうがな」

「そうね。でも——みごとに、目的を達したわ」

「そうだ。君の姉さんは、実に頭のいい人だったんだな」

と、クロロックが言うと、充子は嬉《うれ》しそうに、頰《ほお》を染めた。

四人が町のほうへ戻っていくと、もう、逮捕のニュースは知れ渡っていたのだろう、町の人たちがゾロゾロと通りへ出てきて、あれこれしゃべり合っている。

四人は足を止めた。

賛成派で、武夫たちとケンカしていたグループが、こっちへやってきたのだ。

「——話があるのか」

と、武夫が言った。

「うん……」

と、そのリーダー格の男が、

「俺たちが間違ってた。——悪かったな」

と、言った。

武夫は、ちょっと笑った。

「いいさ。同じ町の人間だろ。それよりこれから、町としてどうするか。それを考えようじゃないか」

「ああ」

武夫は、その男の肩を抱いて、一緒に歩きだした。

「みんな、役場へ！　——みんなで話し合おう！」

と、武夫が呼びかけると、町の人たちがゾロゾロとついていった。

「——あなたも行けば？」

と、エリカは、充子に言った。

「ええ……。本当にお世話になって」

「いいから行きなさい」

クロロックが肯いてみせると、充子は、武夫を追って走っていった。

「——これからが大変だな」

と、クロロックは言った。

「工場が来ないと、町も予定通りにはいかなくなる。——何とか乗り切ってほしいもんだが」

「そうね」

「しかし、そこは我々の口を出すことじゃない。——帰るか」

「うん。私の車で」

「大丈夫か？」

「失礼ねえ」

エリカは、クロロックをつついてやった。

「でも——空っぽの箱を狙って、大騒ぎなんてね」

「うむ。この事件にはふさわしい」

「どうして？」

「不思議の国が絡《から》んでるからな」

エリカは笑って、車のドアを開けた。

「あ、そうだ」

「どうした？」

「お母さんがカンカンよ。昨日、行方《ゆくえ》不明だったからって」

「そうか！」

クロロックは青くなった。

「エリカ！　証言してくれよ。分かってるだろうな？」

「そうね。——少しおこづかいを上げてくれたらね」

エリカはそう言って、車をスタートさせた……。

「本当だ」

吸血鬼と13日の日曜日

雷鳴の夜

バァーン、と巨人の手のひらを屋根に叩《たた》きつけたような、凄《すご》い音がした。

「キャッ」

と、声を上げたのは、当直の医師、平沢《ひらさわ》だった。

「びっくりさせるなよ、まったく」

平沢は胸を押さえて文句を言ったが、相手が雷では、その文句も届きそうにない。

ひどい嵐の晩だった。

「――先生」

と、当直室に顔を出したのは、夜勤《やきん》の看護師、古川安子《ふるかわやすこ》だった。

ベテランの、四十代半ばの看護師で、医師とはいえ、まだ三十になったばかりの平沢にとっては、頼りになる存在だ。

「古川さん。良かった！」

と、平沢がホッと息をつく。

「どうしてですか？」

堂々たる体格の古川安子は、

「コーヒーでもと思って持ってきました」

「やあ、ありがたい！　いや、こう雷がひどいとね」

と、平沢は読んでいた雑誌を放り出した。

「夏の嵐ですね、風が唸《うな》りを立ててますわ」

「風がいくら唸ったって、わめいたって、どうってことないさ。問題は雷。僕は雷が大の苦手なんだ」

「あら、そうですか」

古川安子は愉快《ゆかい》そうに、

「若い看護師に言っとこう。平沢先生を口説《くど》くなら、雷の時にしなさい、って」

「口説かれてみたいもんだね」

と、平沢はコーヒーを飲みながら、笑って言った。

平沢は独身。この私立病院では、珍しい。もっと年齢《とし》のいった医者が多いのである。

やせ型で、少々頼りなげではあったが、なかなかの二枚目ではあり、看護師たちの中に、平沢を射止《いと》めようという者も、ふたりや三人ではなかった。

「――平沢先生、この病院では初めての夏ですものね」

と、古川安子が言った。

「うん。どうして?」

「このあたり、山の近くだから、雷が多いんですよ。名物、っていうのかしら」

「本当かい? やれやれ。ひどい所へ来ちゃったな」

平沢は大げさにため息をついてみせた。

「でも、大丈夫。落雷は、もっぱら高い木ですからね。この病院にはめったに落ちませんわ」

「めったに? じゃ、落ちたことがあるんだね?」

「もう十年も前です。でも、ちゃんと避雷針《ひらいしん》もあるし、万一の時の自家発電装置も」

「気休めにはならないね」

と、情けない顔で、

「布団《ふとん》をかぶって、寝てるかな」

「どうぞ。起こしてさし上げますわ、何かの時は」

「何かの時、か」

と、平沢は、肩をすくめて、

「患者が来るなんて、月に一度か二度じゃないか」

「これからはふえますよ」

と、古川安子は言った。

「夏はこのあたりにキャンプしたりする学生さんがたくさんいますからね。結構、けがしたり、溺《おぼ》れそうになったりして」

「可愛《かわい》い女子大生なら、歓迎だな」

「まあ」

と古川安子は微笑《ほほえ》んで、

「怖いですよ、そんなこと言ってると。若い子たちが意地悪するかもしれませんよ」

「や、こりゃ、雷より怖いや!」

と、平沢は言って笑った。

とたんに――ドカーン、足もとを揺るがすような轟音《ごうおん》。平沢は、

「ワーッ!」

と頭をかかえて、うずくまってしまった。

リーン、と電話が鳴る。古川安子が取って、

「はい。――ええ、平沢先生はここに……。けが人? ――すぐ行くわ」

古川安子は、平沢の肩をポンポンと叩いて、言った。

「先生、急患です。けが人ですって」

「――助かった!」

と、平沢は大きく息をついて、

「誰か患者がいてくれたほうがいい！」

ふたりは急ぎ足で、当直室を出ていった。


「──ちくしょう！」

と、平沢は手袋を外して、投げ捨てた。

椅子にぐったりと腰を落として、頭を垂《た》れる。汗が額《ひたい》に浮いていた。

「先生……」

と、古川安子が、声をかけた。

「僕のせいだ」

「そんな……。手遅れでしたよ」

「いや……。何とかなったはずだ、僕がもっと早く出血の場所を見つけていたら……。なんてこった！」

手術衣に血が飛んでいる。──患者は重傷を負って運び込まれた。

いや、内出血で、かなりひどい貧血状態だったのだ。切開はしたが、どこから出血しているのか、見当がつかないほどひどい状態だった。

心臓はどんどん弱まって、ついに、間に合わなかった。電気ショックや、心臓マッサージも効果がなかったのだ。

公平にみて、平沢の手落ちとは言えなかったかもしれない。しかし、平沢は、そう割り切れなかった。

「先生――」

と、古川安子が静かに言った。

「よくやりましたよ、先生は」

平沢は顔を上げ、古川安子を見ると、手を取った。

「ありがとう……」

そして時計に目をやる。

「もう、朝の四時か。そろそろ明るくなってくるな」

立ち上がった平沢は、もう雷鳴が聞こえてこないことに気づいた。

「――片づけようか」

と、平沢が言った時だった。

空が抜けたかと思うような、凄《すさ》まじい一撃が、病院を揺るがした。

「――落ちた！」

一瞬、電気が消えた。真っ暗な中に、

「どうしたの！」

「何があった！」

と、騒ぐ患者たちの声が飛び交う。

「発電機は？」

と、平沢は大声で言った。

「動くはずですけど――」

チカチカと照明がまたたいて、点《つ》いた。

「やれやれ……」

平沢は、息をついた。

「凄《すご》いな！　ここに落ちたよ」

「十年ぶりってことですわ」

と、古川安子も、さすがに胸を押さえている。

「――何の騒ぎだ？」

キャー、という叫び声と共に、看護師が走ってくる。

「どうしたの？」

「火事です！」

と、若い看護師が青い顔で駆けてくる。

「古い病棟のほうから火が――」

「急いで避難を！」

と、古川安子が叫んだ。

「消防署へ連絡してください、先生！」

「分かった！」

平沢は、火災報知機へ駆け寄り、カバーを叩き割って、中のボタンを押した。赤いランプが点《つ》く。

「よし、これで——」

平沢は、古川安子の後から駆けだそうとした。そして——目が、チラッと手術室の窓から、中の様子を見ていた。

「まさか！」

と、平沢は呟《つぶや》いていた。

手術台は、空だった！　まだそこに、遺体はあるはずだ。

そんな馬鹿な！　平沢は手術室の中へと入っていった。

確かに、手術台の上には患者がいなかった。

——なぜだ？　たった今、ここに横たわって、もう命の失われた肉体と化して……。

ガチッ、と何かの動く音がした。

平沢は振り向いた。——メスなどをのせる台が、ゆっくりと動いている。

「誰かいるのか?」

と、平沢は声をかけた。

「おい……」

歩み寄って――やめておけば良かった、と思った時はもう手遅れだった。

それが立ち上がった。

こんな――こんなことが! これは悪夢だ!

叫び声を上げる前に、その手が、しっかりと平沢の首をつかんでいた。そして、強く強く、絞《し》め上げた。

平沢の体からぐったりと力が抜けると、それは手を離した。平沢が床に崩れ落ちる。

それは、ややぎごちない足取りで、手術室を出ていった。

病院の中は、避難する入院患者、誘導する看護師で、戦場のような騒ぎだ。

誰も、それには目を留めなかった……。

13日の日曜日

「それで？」

と、神田洋子《かんだようこ》は身を乗り出した。

「それでどうなったの？」

「――どうなったかは、誰も知らない」

と、小林栄一《こばやしえいいち》が言うと、ホッとみんなが息をついた。

「それで終わり？　つまんないじゃない」

と言ったのは高木《たかぎ》あかねだ。

このグループ五人のうち、女の子が三人。みんな十九歳の女子大生だが、高木あかねは、美人という点では飛びぬけている。

ただ、見るからに性格のきつさが顔に出ているので、なかなか恋人はできない、という評判だった。

「本当なの？」

と、前川郁子《まえかわいくこ》がいぶかるように、

「怪《あや》しいな。小林君は、作り話の名人だから」

「こんな話、作ったりしないよ」

と、小林栄一は、少々プライドを傷つけられた様子で、

「作り話なら、もっと面白くなる。そうだろ？　いくらだって、君らを怖がらせること
ぐらい、できるんだぜ」

「もうやめてよ」

と、神田洋子は、本当に怖がっている。

「私、弱いの、そういう話って」

「私、平気だな」

高木あかねはタバコに火を点《つ》けると、

「よみがえった死人なんてのがいるのなら、会ってみたいわ。死んだ時って、どんなも
んか、訊《き》いてみるの」

――五人は、ドライブの途中だった。

いや、もうほとんど目的地に着いている、といってもいいだろう。地図によると、こ
こから一キロほどで、目ざすコテージに着くのだ。

ただ、もう夕方になっていて、夏とはいえ、山の中の日暮れは早い。着いても、そう

簡単に食事の支度などできそうにないというので、その小さなレストランに寄ることにしたのだった。

男がふたり、女三人で、みんな同じ私立大の学生だ。

「小林栄一と、もうひとり黙っているのが三上正紀《みかみまさき》。ふたりとも三年生だった。

女の子三人は二年生。三対二という、アンバランスな取り合わせになったのは、もうひとり行く予定だった男の子が、急病で来られなくなったせいだ。

三対二。――やや、波乱のありそうな構成ではある。

そんな話を切り出したのは、小林栄一で――。

「そこ、何があったか知っているかい？」

と、窓から見える、広い空き地を指さしたのである。

「何かの跡ね」

と、前川郁子が、建物の土台らしいものを目に留めて、言った。

「当たり。病院だったんだよ」

「病院？」

「そう。五年前に焼けてしまったんだ」

「火事？　へえ。――怖いね」

と、神田洋子が何気なく言った。

「怖いって？　いや、本当に怖いのは、この病院についての話さ」

「何があったの？」

と、洋子が目を輝かせる。

怖がりのくせに、好奇心が強い。

「そう。——死人が、雷の夜によみがえって、医者を殺したんだ」

「えーっ？」

「ウソ！」

と、女の子たちが口々に言った。

「本当さ。じゃ、教えてやろうか」

かくて、小林栄一が、あの物語を語り始めたのだった。

栄一が話し終えたころ、ちょうど料理ができ上がって、

「お待ちどおさま」

と、五十歳ぐらいの、ゆったりした感じのおばさんが皿を運んできた。

「あ、手伝いますよ」

と、洋子がパッと立って、カウンターに並んだ皿をどんどん運び始めた。

「まあ、悪いわね」

と、そのおばさんは笑顔で言った。

前川郁子は、本を開いていて、手伝おうとしなかったし、高木あかねにいたっては、人に皿を出してもらうのが当たり前、という様子で座っている。

「──ねえ、おばさん」

と、栄一が、声をかけた。

「この話、知ってるでしょ？　有名なんだよね、このへんじゃ」

「そうねえ」

と、そのおばさんは笑いながら、

「ま、私も聞いたことはあるわよ」

「ほら！」

と、栄一は得意げに言った。

「嘘《うそ》だとは言ってないわよ」

と、前川郁子が言った。

郁子は、なかなかのインテリで、理屈っぽい性格である。

「だけど、その平沢《ひらさわ》ってお医者さん、死んじゃったんでしょ？　しかも、その時、見てた人はいない。じゃ、どうしてそんなことが分かったの？　死人がよみがえったなんて」

「そう言われると……」

と、栄一も渋い顔で、

「でも、確かに、そんな話なんだよ。僕がでっち上げたわけじゃない」

「ともかく食べよう」

三上正紀が口を開いた。

「せっかくの料理が冷《さ》める」

これには誰も異存なかった。——せっせと食べ始めると、今度はもう、今の話なんか忘れたように、食べることに熱中していた。

すると——急に、

「見ていた人はいたのよ」

と、おばさんが言ったので、五人はびっくりした。

まだそこに立っているとは思わなかったのだ。

「見てたって——誰が？」

と、三上正紀が訊《き》いた。

「その看護師。ベテランのね。戻ってきて、平沢医師を殺して逃げていくそれを見たの」

「やだ！」

と、洋子が眉《まゆ》をひそめた。

「もう五年も前のことよ」

と、おばさんは笑って、

「私もここへ店を出したのはその後だから、話を聞いただけだけど……。あ、すみませんね」

レストランにはもう一組の客が入っていた。

奥のほうに座っていたので、五人はあまり目を向けなかったが、よく見れば、ユニークな客だと思って首をかしげただろう。

ひとりは女子大生らしい、なかなか可愛《かわい》い女の子。そして父親らしい紳士――これが、変わった格好をしている。吸血鬼のようなマントをはおっているのだ。

そして、娘に劣《おと》らず若い女性が、元気そうな赤ん坊を膝《ひざ》にのっけている。

この一家の関係をピタリと当てられれば、偉いものだ。――というほどでもないか。

当然、フォン・クロロックと娘の神代《かみしろ》エリカ、そして後妻《ごさい》の涼子《りようこ》と、その子、虎ノ介《とらのすけ》である。

一足先に食事を始めていたこの一家は、ほとんど皿を空《から》にして、

「すまんが、コーヒーをくれ」

と、クロロックが追加注文したところだった。

「あと少しね」

と、エリカが言った。

「虎ちゃんは、きっと寝ちゃうわ」

と、涼子は言った。

「あなた、眠ったら抱いてね。重いんだから！」

「分かっとるとも」

若い奥さんを持つと辛《つら》いのである（若くない奥さんだって、辛いが）。

「――お父さん、聞こえた？」

と、エリカは言った。

「うむ？　何が？　新しいヒット曲でも出たか？」

TV中毒になりかけているクロロックは、どうもすぐそういう話題を出してしまうようである。

「違うわよ！　今の大学生たちの話」

「ああ。もちろんだ」

エリカとクロロックの会話は、五人のグループまでは届かない。クロロックやエリカのごとき「吸血族」の血筋の人間は、人間以上の聴覚《ちょうかく》を備《そな》えているのである。

「また何か起きなきゃいいけどね」

「ホラー映画ではないぞ」

と、クロロックが首を振って、

「それに今月の十三日は日曜日だ」

「それがどうしたの？」

「〈13日の金曜日〉というパターンではないか、あの連中を見ておると」

「それもそうね」

エリカは笑った。

女の子を交《まじ》えた学生たち。キャンプ場を襲う、謎《なぞ》の殺人鬼……。

「いやねえ」

と、涼子は顔をしかめて、

「私や虎ちゃんがいるのに、あなたったら、あんな変な映画ばっかり見て！」

「おまえだって、喜んで見とるではないか」

「喜んでないわ。ただ、私は夫婦の間に、会話が大切だと思ってるのよ」

「それと〈13日の金曜日〉とどういう関係があるの？」

と、エリカが訊《き》く。

「ほら、怖いところがあるでしょ。キャーッ、と言って、私がこの人に抱きつく。すると……そこから夫婦の対話が始まることも。ねえ、あなた」

「うんうん……」

クロロックは咳払《せきばら》いして、
「ま、そのへんは成り行きだ」
「好きにしてよ」
と、エリカはむくれて言った。
もちろん、父と涼子が仲むつまじいのは、結構なことではあるのだが、何といっても
エリカは涼子よりひとつ年上。継母《ままはは》のほうがひとつ若い、というのだから!
どうも、この一家では、ともするとエリカのほうが邪魔者になってしまう雰囲気《ふんいき》なの
である。
ま、明後日《あさって》になりゃ、エリカの友人——おなじみの大月千代子《おおつきちよこ》と橋口《はしぐち》みどりのふたり
が、エリカたちを追いかけてやってくる。
もともと、一緒に来るはずだったふたりが遅れたのは、この夏休みの前に出しておか
なくてはいけなかったレポートを、まだ出していなかったからである。
ふたりにとっては、〈13日の金曜日〉よりも、〈レポート提出日〉のほうが怖い（作家
にとっては、〈原稿の締め切り日〉が怖い）のだ。
「でも、そんなことってあるのかしら」
と、エリカは言った。
「まあ、たまに、だな」

と、クロロックは肯《うなず》いて、

「もちろんホラー映画を見なくても、涼子が抱きついてくることはある」

「その話じゃないの！」

と、エリカはため息をついて、

「死人がよみがえって、人を殺した、って話のほうよ」

「おお、そうか。それならそうと言ってくれなくては。――歴史をひもとけば、それもたいして珍しい話ではない」

「そう？」

「だいたい、人間でも『死』とは何か、を決めかねておるではないか。それひとつ考えても、分かる。死人がよみがえったのではなく、死んでいなかった、というだけの話だ」

「でも、どうして医者を殺したの？」

「そこはよく分からんな」

と、クロロックは言った。

「しかし、想像はつく。雷のショックだろう」

「落雷の？」

「その死人に電気が流れた。いや、激しいショック、と言うべきかな。その一撃で、心臓が動きだし、同時に、脳のどこかが破壊されたとしたら――」

「ああ、なるほどね」

「わけも分からず、その医師に襲いかかったとも考えられる。しかし、いずれにしろ、五年も前の話だろう。もうとっくに死んどる」

「そりゃそうね」

エリカは、例の五人のグループがテーブルを立つのを、眺めていた。

「ごちそうさま！」

と、女の子たちのにぎやかな声が、レストランの外へ消えていく。最後に残った男の子が、支払いをすると、

「どうも」

と、店のおばさんがつり銭を数えながら、

「この近くのキャンプ？」

と訊いた。

「この少し先のコテージ。ちょくちょくここに寄ることになるかもしれないな」

「どうぞどうぞ」

と、おばさんはニッコリ笑って、

「コーヒーぐらいなら、おまけしてあげるわよ」

「ありがとう。じゃ」

つり銭をポケットへ入れて、

「おっと！」

何かがポケットから落ちた。——エリカは、目ざとくそれに目をつけていた。

「三上君、早く！」

と、外で女の子が呼んでいる。

「今行くよ」

三上というその男の子は、車のほうへと走っていった。

「——見た、お父さん？」

「うん」

と、クロロックは肯いて、

「可愛い女房の顔は、いくら見ても見飽《みあ》きん」

「そんなこと訊いてないわよ！」

と、エリカは頭にきて言った。

こりゃだめだ。——社長がこれで、会社はもつのだろうか？　エリカは別にクロロックの会社に雇われてるわけじゃないが、それでも多少は心配になるのだった。

それはともかく——エリカが目にしたのは、ナイフだった。三上という、今の男の子のポケットから落ちたのだ。

もちろん、キャンプするのにナイフは必要ではあるだろう。しかし……。

あれはどう見ても、小型の、それも売るのを禁じられている、飛び出しナイフだ。

たまたま前から持っていて、それを持ってきたというだけなのか……。

そう。——何も起こるわけがない。

五年前の、妙な出来事を耳にしたので、変に気を回してしまうだけだ。

何と言っても——十三日は金曜日じゃないんだしね……。

エリカは、まるで危機感とは無縁に、身を寄せ合ってウットリしている我が父と涼子を見て、ため息をついた。

「出かけるわよ！」

と、エリカは少々不機嫌《ふきげん》な声を出したのである……。

勝手にエリカ

「ええと……確かこの棚《たな》にチョコレートが入ってるのよ」

と、戸棚の扉を開けて、橋口《はしぐち》みどりは、

「やった！　私の記憶力、どう？」

と、自慢げに言った。

「みどりったら、やめなさいよ」

と、大月千代子《おおつきちよこ》が顔をしかめる。

太めのみどり、長めの千代子というこのコンビで、本来はエリカとともにトリオを結成している（別に音楽をやるわけじゃないが）のはご存知の通り。

前章に述べた理由で出発の遅れたふたり、いざ出かける支度《したく》をする段になって、

「ね、エリカんちに寄って、お菓子を持っていこう」

と、みどりが言いだし、こうしてクロロックのマンションへやってきた。

当然留守で、誰もいないのだが、何か忘れた物があった場合に、というので、みどり

がこの鍵を預かっていたのである。

勝手知ったる——というやつで、みどり、ちゃっかり、クロロックが買いおきしてあるおやつを取り出して、袋へ放り込んでいる。

「みどりも図々しいんだから」

と、千代子も止めるでもない。

「ほら、そこにも何かあるわよ」

なんて、一緒になってやっていると——。

「ごめんください」

玄関のほうで声がした。——みどりと千代子は顔を見合わせ、

「誰か来たわよ」

「やばい！　逃げる？」

「なんで逃げるのよ。私たち、コソ泥じゃないんだから」

と、千代子が言うと、みどりも、思い直した様子で、

「それもそうね。じゃ、向こうが空き巣なのかしら？」

「空き巣がいちいち『ごめんください』なんて言う？」

「それも理屈か。——どうする？」

「出るしかないよ」

というわけで、ふたりで玄関へ出てみると、

「あ——突然すみません」

と、言ったのは、二十歳《はたち》ぐらいの大学生らしい若者で、色白の、なかなかの二枚目である。

「ええと……何かご用ですか？」

と、みどりは急に愛想《あいそ》が良くなる。

「クロロックさんのお宅は——」

「ええ、ここです」

「良かった！」

と、その若者はホッとした様子で、

「じゃ、エリカさんですね」

みどりは、一瞬ためらったが、

「ええ、私、エリカです」

と答えたから、千代子がびっくりした。

「ちょっと！」

と、つつく。

「いいのよ！　——あの、どなたですか？」

「僕は大内《おおうち》といいます。大内実《みのる》です」

「まあ、すてきな名前」

「ちょっとご相談したいことがあって、突然やってきちゃってすみません」

「いえいえ、どうぞどうぞ」

と、みどりは、その大内実という若者を居間へ通して、千代子へ、

「ちょっと。あんたお茶いれてよ」

「なんで私が？」

「いいでしょ！——ね、早く！」

千代子がしぶしぶ台所へ行く。

居間のソファに、ちょこんと腰かけた大内実は、

「前から、噂《うわさ》をうかがってて……。エリカさんの名前は、有名ですよ」

「あら、そうかしら。ホホホ」

みどりは、慣れない笑い方をして、むせ返った。

「そ、それで……何のお話かしら？」

「実は妙なことがあって——」

と、大内実は表情をくもらせた。

「ガールフレンドのことなんです」

「振られたんですか？　まあ気の毒に！　ご心配なく。私が代わりに引き受けてあげるわ！」

「い、いや、そうじゃないんです」

と、大内実はあわてて言った。

「あら、つまらない」

「え？」

「いえ、何でも——。じゃ、どんなことなの？」

「実は——大学の仲間たちで、この夏、キャンプに出かけることにしていたんです」

「まあ、私たちも」

「そうですか。僕らは六人で、もちろん、みんな同じ大学の仲間たちです」

「編成は？」

「編成？　クラスのですか？」

「いえ、その六人の。男と女の」

「ああ、もちろん三人ずつです。みんな恋人——というほどじゃなくても、カップル同士ですから」

みどりはがっかりした。——お茶なんか出してやるんじゃなかったわ。

「で、昨日、出発の予定でした」

と、大内実は話を続けて、

「おととい の晩、全員でそのメンバーのひとりの小林栄一《こばやしえいいち》という男の家に集まったんです。まあ、みんなあまりキャンプなんかに慣れていない連中だし、誰が何を用意するか、いちおう事前に決めてはおいたんですが、果たして本当に準備できてるかどうか、チェックするためでした。——やっぱり、チェックして良かったんです。固形燃料を買い忘れてたり、マッチがなかったり、洗剤はあっても拭《ふ》くものがなかったり……。ワイワイやりながら、夜中までかかって、いちおうチェックし終わりました」

千代子がお茶をいれて運んできた。もちろん、自分たちの分も、である。

「ご苦労さん」

と、みどりは言った。

「あんた、下がってていいわよ」

千代子が凄《すご》い目つきで、ジロッとにらんだ。

「あ、あの——いてもいいわよ」

と、みどりはつけ加えた。

「で、みんなで乾杯しましょうってわけで、ビールの栓を抜きました……」

大内実は、首を振った。

「何がどうなったのか……。コップにビールを注いだところへ、小林のお母さんが顔を出して、つまむものを差し入れてくれたんです。とっても気の若い、話の分かる愉快なお母さんで」

「うちのお袋さんとは大違い」

と、みどりは変なところで文句を言っている。

「それを受け取って、またひとしきりガヤガヤして……。そしてみんなで『乾杯！』とやったんです」

ここで三人もお茶を飲んだ。

「――それで、どうなったの？」

「突然、僕はお腹《なか》が痛みだして――いや、もう、ただ痛いなんてものじゃないですよ。転げ回って、死ぬかと思うような苦しさでした」

「まあ！　可哀《かわい》そうに！」

みどりは心から同情した。

「分かるわ！　あなたのような美男子や私のような美女は、苦しむようにできてるのよ」

千代子が、わざとらしく、咳《せき》をした。

「僕は救急車で運ばれました。――急性の虫垂炎《ちゆうすいえん》だろうということで。でも、ともかく次の日にならないと手術はできない、ということで、痛み止めの注射をしてもらった

「じゃ、キャンプは?」

「みんな、一緒についてきたんですが、どうしたらいいかと、迷ってました。——でも、僕は行ってくれ、と言ったんです。せっかく準備したんだし。中止されたら、かえって僕のほうが負担ですから」

「偉い！　それでこそ男だわ！」

「どうも。——僕のほうはまあ運が悪かったと諦《あきら》めて、その夜は注射のせいもあってぐっすり眠り、みんなは、五人で翌日——つまり今日の朝早く、出発しました」

「でも——」

と、千代子が不思議そうに、

「それじゃ、どうしてここへ来られたの？　手術だったんでしょ？」

「それなんですよ。今朝になったら痛みはまったく消えていて、調べても、ぜんぜん炎症なんか起こしていない、ってことなんです」

「どういうこと？」

「そして検査してもらったら、何か薬を飲まされて、それで痛みがきたんだ、ってことが分かったんです」

「薬を？」

「ええ。虫垂炎とよく似た症状が出るらしいんですが、そんなもの、間違って飲むわけがない。つまり、あの時のビールに、それが入っていたとしか思えないんです」

「ビールに……。でも、どうして？」

「僕にもよく分かりません。でも、ビールは同じびんから注いだんですし、となれば、僕のコップだけに薬が入っていたことになる。――つまり、こんなこと、考えたくありませんが、あの時、誰かが僕のコップに、その薬を入れたんです」

みどりと千代子は顔を見合わせた。――こりゃ、本格的な事件だ。

「で、心配になったんです。誰か、その薬を入れた奴《やつ》は、僕があのキャンプに行くのを邪魔《じゃま》したかったんでしょう。ということは、向こうで、何か目的があるんだ、ということになります」

「何かしら？」

と、みどりのほうは途方に暮れている。

だいたい、こんな話は、みどりの守備範囲ではない。

「そこへ連絡してみれば？」

と、千代子が現実的な提案をした。

「キャンプといっても、もうずっと使っていない、古いコテージに泊まることになってるんです。電話なんかありません」

「で、どうしようかと考えてて……。ふと思いついたんです。神代《かみしろ》エリカさんなら、うまい解決方法を見つけてくれるかもしれない、って。――どう思います？」

「そ、そうねえ」

みどりとしては、この二枚目青年の期待に何とか応《こた》えたいのはやまやまである。しかし、残念ながらみどりはエリカと違って、吸血鬼の血も引いていないし、こういう方面には詳しくない。

日曜日のランチならどの店が量が多くて安くて旨《うま》いか、といった方面なら、よく通じているのだが、この場合、その知識で、問題は解決できそうになかった。

「どうします、エリカさん？」

と、千代子が、冷ややかな目でみどりを見ながら言った。

「あ、あのね――ちょっと失礼」

みどりは、千代子の手を引っ張って、居間を出ると、台所へ入っていった。

「――何のご用、エリカさん？」

「千代子ったらー、そんなに意地悪だったの？」

「何言ってんの。自分のせいでしょう。いいとこ見せようとして、エリカのふりをしたりするからよ」

「困ったわね」

「友だちがいのない人ね！　だって、気の毒じゃないの、あの人が」

「話させといて、結局何の役にも立たないほうが気の毒だと思うけど」

「そりゃそうだけど……。でも、今の様子じゃ、本当に何か恐ろしいことが起こるかもしれないじゃないの」

「だって、私たちに何ができる？」

「だから……」

と、みどりも、答えられない。

「やっぱり、警察へ連絡するしかないわよ」

と、千代子は言った。

「うん……」

名探偵代理（？）としては、そういう月並みな返事をするのは辛《つら》いところだが、この場合他にはどうすることもできない。

「現地の警察へ連絡して、様子を見に行ってもらうのね。——そう言いなさいよ、エリカさん」

「——分かったわよ」

みどりは恨《うら》めしげに千代子を見ていたが、やがてため息をついて、

「自分で言うのよ。私になんか言わせないでね」

「分かったってば」

——ふたりは居間へ戻っていった。

「大内さん。今、話し合ったんですけど——」

みどりは言葉を切った。

居間のソファに、大内の姿はなかったのである。

「どこに行ったのかしら？」

「トイレかしら」

ふたりして玄関へ出てみると、大内の靴がない。

「——何よ、これ？」

「帰ったみたいね」

と、千代子が言った。

「なんで？」

「知らないわよ。感づいたのかもよ、エリカが偽者《にせもの》だって」

「それにしたって！——ふざけてる！」

「みどりが怒れる立場じゃないでしょ。ほら、もう忘れて、引き揚げようよ」

千代子はポンとみどりの肩を叩いた。

居間に戻ると、みどりが、

「お茶なんか出してやるんじゃなかった」

と、ブツクサ言いながら、自分のお茶を飲んだ。

「出したのは私よ」

と、千代子も自分のお茶を飲み干《ほ》して、

「これも片づけなきゃ。仕事をふやしてくれたわね」

と、大内の飲んだ茶碗も一緒にして、盆にのせる。

千代子は台所のほうへと、歩きかけたが、ふとよろけて、盆が手から滑り落ちた。

「千代子ったら、何してんのよ！」

「何だか……頭がクラクラする……」

千代子は、壁にもたれたと思うと、そのままズルズルと床に崩れ落ちた。

「千代子。——そんな所で昼寝しちゃだめじゃないの。風邪《かぜ》ひいたら……」

みどりが、ドサッとソファに座ると、そのまま倒れてしまった。

ふたりとも、ぐったりとして、身動きもしない。

やがて、玄関のドアの開く音がした。

誰かが、居間へと入ってくる。そして、千代子とみどりのふたりを眺めると、低い声で笑った……。

夜の散歩

「やれやれだわ！」

と、前川郁子《まえかわいくこ》が椅子《いす》に座って、テーブルの上に足を投げ出した。

「くたびれちゃったわねえ」

と、高木《たかぎ》あかねがタバコに火を点《つ》けて、

「一本どう？　——洋子《ようこ》は？」

「あたし、やらないから」

洋子は、洗った食器をキッチンペーパーで拭《ふ》きながら、

「コーヒーでも飲もうか？」

「ほしい！　でも、いれる元気ないよ」

と、あかねが言った。

「私、やるわよ」

洋子が言った。

「みんな、飲むかな……」

「よくやるわね、洋子」

と、前川郁子は、メガネを直した。

郁子は、理屈っぽく、成績も優秀だが、体を動かす点ではまめとは言いがたい。

「うちでいつもやってるもん。こういうことは、慣れだから」

「ひとりでやらせちゃって、ごめんね」

と、高木あかねは言った。

「いいわよ。あかねが台所仕事したら、何となく、イメージくるっちゃう」

洋子は手ぎわよく食器を片づけると、

「あっちで休んでて。すぐコーヒーいれるから。——ミルクとお砂糖だけ運んどいてくれる？」

「うん」

あかねも、それぐらいならすぐにやる気になるようだ。

「私も何か——」

と、さすがに郁子も気がひけるようだ。

「じゃ、コーヒーカップをそのテーブルに出しといてくれる？」

神田《かんだ》洋子は、コーヒーメーカーの用意をしながら言った。

「少し薄めにいれようね。眠れなくなると困るでしょ」

「じゃ、向こうにいる」

高木あかねが、コテージの広間のほうへ歩いていった。

郁子が、カップを出して並べながら、

「大内《おおうち》君、大丈夫かしらね」

と、言った。

「ただの盲腸《もうちょう》でしょ。あんなもんで死ぬ人いないわ」

と、洋子が笑って言った。

「ツイてなかったわね」

「ああいう人なんじゃない？　だいたい、いつもテストの時になると風邪《かぜ》ひいたりするんだから」

「そうか。洋子、大内君とはずっと前から一緒だったんだ」

「ずっと、って……高校の時からよ」

「ふーん。でも、大内君、いい男だもんね」

「そう？　見慣れてると、そうも思えないけど」

と洋子は笑った。

「そうよ。——用心したほうがいいわよ」

と、郁子は、チラッと広間のほうへ目をやって、声を低くした。

「用心って？　火の元？」

「火の元、っていうより、火遊びの元ね」

と、郁子がクスッと笑って、

「あかね、大内君に気があるのよ」

「まさか」

洋子は、コーヒーメーカーのスイッチを入れた。

郁子は、カップを急いで並べた。

やることが手早い人間と、のろい人間の差というのは、たいてい、話しながら手を動かしているかどうかにかかっている。

洋子は、おしゃべりしていても決して手を休めることがなく、郁子のほうは、ちょっと話に身が入ると、すぐ手のほうがお留守になるのだ。

——いや、実際のところ、神田洋子がもし、来ていなかったら、このコテージ、たぶんどうにもならなかっただろう。

何年も使っていなかったというだけあって、埃《ほこり》はつもっているし、クモの巣は張っているし、着いてしばらく、五人とも唖然《あぜん》としてしまったほどだ。

しかし、まず洋子がポンと手を打って、

「さ、じっとしててもしようがないわ！」

と声を上げ、さっさと掃除を始めたのである。

神田洋子は、女の子三人の中では一番パッとしない存在だった。高木あかねのような

お嬢様ではないし、前川郁子のように頭も良くない。

丸顔で鼻が丸くて、目もクリッと丸くて……。要するにどこもかしこも丸い。

あか抜けしなくて、いつもはいたって印象の薄い女の子なのだ。

しかし、ここでは洋子は正に花形だった。

男ふたり──小林《こばやし》栄一《えいいち》と三上《みかみ》正紀《まさき》も、洋子の指示で、ゆるんだ戸のネジを締めたり、棚《たな》を直したりして、二、三時間の間に、何とか今夜一晩は過ごせそうなところまで、こぎつけたのだった。

夕食も、ほとんど洋子が作ったようなもので、もちろん大部分は、ただ温めるだけのレトルト食品だが、それにちょっと工夫して出すところが、洋子らしい腕前だった。

「──郁子、向こうで休んでていいわよ」

と、洋子は言った。

「小林さんが寂しがってるわ」

「いいのよ、あんなの」

と、郁子が肩をすくめる。

「あ——灰皿、向こうか」

「ないと不便ね、ここにも」

と、洋子は言って、

「作るわ。待ってて」

アルミホイルをピリッと切ると、キュッキュと折り曲げ、たちまち、小さな灰皿を作ってしまう。

「器用ねえ、洋子って」

と、郁子は感心している。

「家のこと、ずっとやらされてきたから、いやでもこうなるわよ」

「でもさ——本当よ。あかね、大内君を狙《ねら》ってる」

「あんな美人が？　大内君、喜んじゃうわ、きっと」

「洋子、平気なの？」

「だって、仕方ないじゃない。あかねと比較されたら、負けるもん」

「洋子って……」

郁子は、首を振って、

「怖い子ねえ」

「怖い？　私が？」

「そんなふうに言われたら、勝てないよ」

郁子は、そう言って広間のほうへ姿を消した。

洋子は、椅子を引いて、座った。

——私はいつも譲《ゆず》る人なんだもの。しようがないじゃない。

「大内君……。ごめんね、ついてってあげられなくて」

と、洋子は呟《つぶや》いた。

洋子には分かっていたのだ。自分がついてこなかったら、このコテージ、どうにもならないだろう、ということが。

高木あかねは三上正紀と、前川郁子は小林栄一と、どうせ一緒だ。洋子は「はみ出し」ているのだが、それでも、あかねと郁子が、洋子のことを頼りにしていることを、知っていたから、一緒に来ないわけにいかなかったのである。

夜は少々寂しいことになるだろう、と洋子にも分かっていた。

いちおう、男の子は男の子同士、女の子は女の子でひと部屋、ということにはなっているのだが……。

郁子と小林栄一、あかねと三上正紀は、もう恋人同士、たまにはどこかへ泊まりに行ったりもしている。今夜も、おとなしく別々に眠っているとは思えない。

コーヒーメーカーがコトコト音をたてて、コーヒーが落ち始めた。

「ま、いいわよ」

と、洋子は呟いた。

「私はどうせ邪魔者なんだから……」

シャワーを浴び終えたら、もう夜中になってしまった。

それというのも、なかなかお湯が出るようにならなかったのである。

いちおう、小林と三上が苦闘して、何とかなったのが、もう十一時ごろ。女の子たちから先にシャワーを浴びて……。

最後に入った洋子が、女の子用の寝室へ入ろうとすると、

「どうする？」

と、あかねと郁子が声をひそめて話をしているのが耳に入った。

「だって、洋子が……」

「男の子の部屋で？　――ふた組一緒？　いやだわ、私」

と、あかねが言っている。

「でも、しようがないよ、寝室ふたつしかないんだし……」

洋子は、わざと口笛など吹いて、部屋へ入っていった。

「――ああ、気持ち良かった！」

洋子は、また服を着ると、

「ね、ちょっと散歩してくるね、私」

と、言った。

「この寒いのに？」

と、郁子が言った。

「寒いったって……。夏よ、今は。こんなところに来て閉じこもってても、つまんないじゃない。——星を眺めるのが好きなの、私」

「ロマンチックね。私、遠慮する」

「うん。私、ひとりでぶらついてくるから。——一時間ぐらいね。戻った時は開けてよ」

「聞こえたらね」

と、あかねが笑って言った。

——で、結局……。

「馬鹿みたい」

とは思うのだが、洋子はひとり、林の中を歩いているのだった。

夏とはいえ、山の中は涼しい。厚手のシャツを着てきたからいいようなものの、下手《へた》をすれば風邪をひくところだ。

とはいえ、洋子としても、別に友だちのために、したくもない散歩をしているわけではなかった。——ひとりでこうして星空の下を歩くのは好きなのだ。

それに——もし大内実が一緒に来たとしても、他のふた組とは違って、大内と洋子は別にキスひとつするわけではないから、かえって困ってしまっただろう。

そういう点、いたって洋子は遅れているのである。——いや、遅れているかどうかなんて、決められない。

こういうことは、人それぞれで、何もかけっこじゃないのだから、一斉《いっせい》にスタートしたり、早くゴールに入る必要はないのだもの……。

風がそよいで、星が震えた。——きれいな空気を通して、信じられないくらいの数の星が見える。

洋子は深呼吸した。——誰が誰のことを好きだって、そんなこと、どうでもいい。

この星空の下で、ひとりでいるのは、すばらしい気分だった。

ま、そりゃ確かに、恋人が隣にいて、一緒に星空を見上げていられりゃ、もっと良かったかもしれないが……。

ザッ、ザッ、ザッ。

足音が、背後で聞こえた。

「——誰？」

洋子は振り向いた。

「郁子？　あかね？」

でも、ふたりはそれぞれ、恋人と一緒にいるはずだ。

「誰なの？」

足音は、ピタリと止まった。——洋子は、ちょっと気味が悪くなった。

臆病《おくびょう》なほうではないが、それでもやはり、あまり気持ちのいいものではない。

「あの……。誰かいるの？」

と、少々おっかなびっくり声をかけると、ガサッと木の枝が揺れて、

「——何してるの？」

フラッと現れたその女の子は、

「私、神代《かみしろ》エリカ」

と、名乗ったのだった。

「——音、しなかった？」

と、郁子がふと顔を上げた。

「音？」

小林栄一は、郁子の胸のあたりから顔を起こして、

「君の心臓の音しか聞こえないよ」

「そうじゃなくて――」

「じゃ、お腹《なか》が空《す》いて、グーッと鳴ったんじゃないのか？」

「ふざけないでよ。――本当に何か音がしたのよ」

郁子は、起き上がった。

「そりゃ、音ぐらいするさ、三上と高木君のところだって――」

「何か、ドアが閉まる音みたいだったわ」

「じゃ、神田君が帰ってきたんじゃないのか？」

「洋子が？　だって、三十分しかたってないわよ」

「寒くていられなかったんだよ、きっと」

「ともかく、見てきて」

「僕が？」

「男でしょ！」

「男女差別反対！」

「つべこべ言わないで」

「分かったよ……」

ブツブツ言いながら、小林はシャツを着て、

「もしかすると、斧《おの》を持った殺人鬼かもしれないぞ」

「じゃ、やられてきてよ」

と、郁子は小林の背中を押した。

「冷たいな、まったく」

小林はドアを開け、広間へ入って、明かりを点《つ》けた。

「——どう?」

と、郁子も、顔を覗《のぞ》かせる。

「誰もいないぜ。気のせいだよ」

「そうかなあ……」

郁子も出てきて、

「あかねたちにも声かけてみようか」

「よせよ。邪魔だって怒鳴られる。三上の奴《やつ》、神経質なんだから」

「でも——」

と、言いかけて、郁子の顔が強張《こわば》った。

「見て!」

「何を?」

「ほら! 床の上……」

郁子の指さすほうを見ると、小林も、目をむいた。床に点々と続くのは、どう見ても血の跡だったからだ。

「——まさか」

と、小林の声は震えていた。

「ど、どこへ行ってる？」

「三上たちの部屋から……洗面所のほうだな」

「じゃ、もしかして、あかねたちに何か——」

ふたりは、ピタリと身を寄せ合った。

そこへ、

「どうした？」

と、声をかけられ、ふたりが「キャッ！」と飛び上がる。

「何だよ、いったい？」

立っていたのは三上だった。

「三上！　おまえ——大丈夫だったのか？」

「うん。いや、参ったよ」

と、三上は、ティッシュペーパーで鼻をこすって、

「急に鼻血が出てきてさ。あかねはキャーキャー言うし……。血がポタポタたれて。こ

んなことめったにないのにな」

郁子と小林は顔を見合わせて、吹き出してしまった。

「ああ、びっくりした！」

と、郁子は笑いながら、

「心配しちゃったじゃないの。――あかね、怒ってんじゃない？」

「どうかな。シャツが汚れちゃったって」

「興奮しすぎじゃないの」

と、冷やかして、郁子は、三上たちの部屋のドアをノックした。

「あかね。――入るわよ」

郁子がドアを開け、中へ入る。

数秒の沈黙の後、郁子の悲鳴が、この古ぼけたコテージを揺るがしたのだった。

殺人鬼登場

「どうぞ、ゆっくりしてらしてね」

と、涼子《りょうこ》が紅茶などいれると、神田洋子《かんだようこ》はすっかり恐縮して、

「深夜お邪魔《じゃま》しちゃって、すみません」

「いやいや、たまの夜ふかしは、精神衛生上よろしい」

と、クロロックはご機嫌《きげん》である。

可愛《かわい》い女の子が来ると楽しくなる、というのは、吸血鬼も人間も変わらないとみえる。

「彼氏が入院しちゃったんじゃ、困ったもんね」

と、エリカが言った。

「本当。他のふた組の邪魔になるような気がして、何だか落ち着かないんですよね」

「分かるわ」

と、エリカは肯《うなず》いて、

「私もそうなの。それで散歩に出てたら、ヒョッコリ会ったってわけ」

「おまえのことを邪魔にしたりしないぞ」

と、クロロックは心外、という様子で、

「なあ、涼子」

「ええ、そうよ」

と、涼子は肯いて、

「ただ、たまにはそばにいないでくれるといいなと思うけど」

邪魔にするのとどう違うのよ！　エリカは少々むくれた。

「――ここ、部屋も余ってるから、良かったら泊まってけば？」

と、エリカは言った。

「明後日《あさって》になると、友だちがふたり追っかけてやってくるけど」

「ありがとう。でも、そういうわけにはいかないの」

と、洋子は微笑《ほほえ》んで、

「私がいないと、あの人たち、飢《う》え死にしちゃうから」

「偉いわねえ、本当に」

と、涼子が感心した様子で、

「エリカさんも、少し見習うといいわ」

「カチンとくることを言うのね、最近は」

エリカは若い母親をにらんでみせた。

「あら、エリカさんも素直じゃないわよ、最近は」

涼子とエリカの視線がぶつかって、火花が散った。——というほどのことでもないが、確かに、クロロックとエリカ、ふたりきりだった家庭に、涼子が入ってきて虎ノ介《とらのすけ》が生まれ、今や、「家族」といえば、まずクロロックと涼子、虎ノ介。そして、エリカということになってしまった。

エリカとしても、これでいいのだということは頭では分かるのだが、頭と感情は別のものだ。

なかなか素直に、状況の変化を喜ぶ、というわけにはいかないのである。

「——あ、そういえば」

と、洋子が言った。

「あのレストランでお会いしましたよね」

「そう。よく憶《おぼ》えてたわね」

「だって、ご主人が——ご主人、でいいですよね。——ちょっと変わった格好をなさってたから」

「これが、我がトランシルヴァニアでは、正式なスタイルだったのだ」

と、クロロックは、立ち上がると、パッとマントを広げてみせた。

「その模様は、お家《うち》の紋章《もんしょう》か何かですか？」

と、洋子が訊《き》く。

「これか。いや、これはただの穴だ」

「穴？　――通気孔ですか」

「いや、虎ちゃんがかじってしまったのだ」

ガクッと迫力は落ちる。

「もしかして……。そうだわ！」

と、洋子が手を打って、

「思い出したわ。神代《かみしろ》エリカさんって、有名なんですよね。大内《おおうち》君がよく話してた」

「そ、そうかしら？」

エリカ、とたんにニコニコし始めて、

「まあ、多少は美貌《びぼう》と才知《さいち》で、知られていないこともないけど」

「すごく強いんですってね！　男の子の三人や四人、たちまちのしちゃう、って。とっても評判ですよ」

「ど、どうもありがとう」

エリカは、複雑な思いで礼を言った。

「――私、もう帰らないと」

と、洋子は言った。

「明日の朝、起きられなくなりますから」

「じゃ、送っていくわ」

と、エリカが言った。

「いえ、ひとりで帰れます」

「でも、やっぱり物騒《ぶっそう》よ。私は、『すごく強い』から大丈夫」

エリカは、神田洋子と一緒に、自分たちのコテージを出た。


「最短距離を行けば、二十分ぐらいで着くと思うわ」

と、エリカは歩きながら、

「あ、気をつけて、足もとに根が出てる」

「あ、はい。——エリカさんって、暗い所でも目が見えるんですか!」

「え？　まあ、これも訓練よ」

と、エリカは言った。

「ねえ、洋子さん、あなたたちがレストランで話してたでしょ？　病院の焼けた事件のことを話してたのは誰？」

「ああ、あれは小林《こばやし》君。前川郁子《まえかわいくこ》さんの彼氏です」

「ふーん。その小林君って人は、あの話をどこで聞いたのかしら？」

「さあ……。そこまでは聞かなかったけど……」

「そう」

エリカは肯いた。何やら考え込んでいる。

「エリカさん――どうかしたんですか、あの話が？」

「ちょっとね」

「私、怖くって、ああいうのって。馬鹿らしいでしょうけど、本当に安物のホラー映画なんか見ても、キャーッて叫んじゃう」

「映画だからよ、きっと。あなた、実際にそんなことにぶつかったら、勇敢《ゆうかん》に闘えると思うわ」

「まさか。それに、そんなこと、本当にあるわけないですよね」

「うん……」

「――エリカさん」

エリカは、ふと足を止めた。

「黙って！」

「な、何か――」

「しっ、誰かいる」

暗い林の中を、確かに何かが動いていた。――人間か、動物か。エリカにも判断がつかなかった。

「下がって……」

と、エリカは洋子を自分の背後へやって、

「しゃがんで、頭を低くしてるのよ」

「ええ……」

足音が、普通ではなかった。

ただ歩いているのではなく、忍び足である。忍び足になるのは、それなりに理由があるのだ。

そしてエリカの鼻は、ある匂《にお》いを感じ取っていた。――血の匂いを。

エリカは、正面の木立の間に影が動くのを見て、同時に地面をけった。エリカの体は、太い枝の上まで飛び上がった。

シュッ、と空気を切り裂く音がした。何かがエリカのいた空間を通過していった。そして、カッ、とそれが幹に食い込む音。

エリカの体がフワリと地面におり立つ。

同時にダダッと駆けだす音。

エリカは追わなかった。もし、他にも誰かいると、洋子が危ない。

「――びっくりした」

と、洋子が震えている。

「今のは何かしら？」

「さあね。ともかく、お友だちでないことは確かだわ」

「ここに食い込んでるのは？」

と、幹に近づく。

「さわらないで！」

と、エリカは急いで言った。

「凶器かもしれないわ」

「凶器？　何のです？」

「血が匂うわ」

「血が？」

洋子が青くなった。

「まさか……みんなに何かあったんじゃ――」

「行ってみましょう」

エリカは足を速めた。

コテージは、静まり返っていた。洋子は、ドアの前に立ちすくんでしまった。

「中へ入るのが……怖いわ」

「でも、あなたが声をかけないと、中の人たちが開けてくれないと思うわよ」

「そ、それもそうですね……。——郁子！　私、洋子よ！　——返事して！」

何の答えもなかった。——エリカも、まさかひとり残らず、とは思わなかったが、やはり気が気ではない。

「私が入るわ。ついてきて」

「でも——」

「大丈夫。さっき見たでしょ。私、普通の人とはちょっと違うの。離れないで」

エリカはドアを引いた。鍵《かぎ》はかかっていない。これはあまりいい徴候《ちょうこう》とは言えなかった。

「——寝室は？」

「ふたつ。左手のそのドアと、右は広間の奥のほうに」

手近なドアを開けて、エリカは中を覗いて見た。

——やられている！

「見ないほうがいいかも」

と、エリカは首を振った。

ハンカチを出して、指紋をつけないようにする。当然、警察が調べに来ると思わなくてはならない。

「でも、ひとりだけだわ。他の人たちは……」

エリカは広間に入った。明かりは点《つ》いたままだ。

「まさかどこかで皆殺しに……」

「血の匂いがしないわ。——待って」

ゴトッ、と音がした。足の下から聞こえてきたのだ。

「どうやら……」

床の一部に切り込みがある。エリカはトントンと叩《たた》いてみた。すると、

「キャーッ」

と、中で叫び声。

「郁子だわ！」

洋子がかがみ込んで、

「郁子！　私よ！　開けて！」

と、大声を出した。

ゴトッ、と音がして、床板が持ち上がってくる。

「洋子！　——生きてたの！」

「どうしたの？　他の人は？」

「ここにいる」

と、男ふたりが顔を出した。

やっと三人が床下から這《は》い出てきた。

エリカは、自己紹介してから、

「警察へ知らせないとね」

と言った。

「でも――」

「電話もないし、朝になるまでじっと待ってよう、ってことになったんだ」

と、小林栄一が言った。

「そうね」

エリカは肯いた。

自分ひとりで、警察まで行ってきてもいいが、その間、ここが安全とは限らない。

――大の男がふたりもいて、と言うのは簡単だが……。

「あかねさん……。気の毒だわ」

と、洋子が言った。

「死ぬかと思った」

郁子は、まだ真っ青である。

「私が見つけたんだもの」

「斧《おの》で一撃、っていうところね。――まるで〈13日の金曜日〉だわ」

と、エリカは言った。

「夜明けまであと四時間ぐらいあるわ。みんなでここにいれば、まず大丈夫でしょ」

「そうね……」

郁子は、エリカという外の人間が来たので、少し落ち着いたようだった。

「私、コーヒーでもいれるわ」

と、洋子が言った。

「それがいいわ。ただじっとしてても、時間のたつのが遅くなるだけだから」

エリカは、玄関のドアを見に行った。鍵は壊されている。

「ちょっと！　男の人たち！」

「――何か」

と、ふたりがこわごわ顔を出す。

「このドア。誰でも入ってこられるわ。何か机や椅子のようなものを持ってきて、ふさいでおいたほうがいいわよ」

「そ、そうだな……。思いつかなかった」

「しっかりしてよ。男の人たちが、もっとシャンとしないと」

「すみません」

と、ふたりして頭をかいている。

「それから――あかねさん、だったわね、殺されたの。せめて何かシーツのようなものをかけておきましょうよ」

「そうか――」

と、三上が息をついて、

「僕の彼女なのに、そんなこともしてやらなかった……」

「しようがないわよ。めったにこんなこと、あるわけないんだから」

エリカは、寝室へ入ると、シーツで死体を覆《おお》った。

しかし――これはいったいどういうことなのだろう？

林の中で出くわしたのが、犯人だとすれば、それこそわけの分からない殺人鬼ということになるのか？

でも、そんなものが、やたらに歩き回ったりしているなんてことが……。

ま、もっとも、吸血鬼がここにいる、ってのも、珍しい話ではあるけどね……。

すると――玄関のドアをノックする音がした。

「ワアッ！」

男ふたりは飛び上がるようにして、

「だ、誰か来た！」

と、悲鳴を上げた。

エリカは、ため息をついた。――私なら、こんなのボーイフレンドにしたくないわね。

「ど、どうしよう？」

「そりゃあね」

と、エリカは言った。

「どなたですか、って訊《き》くしかないんじゃない？」

エリカは、ドアのところへ行って、

「どなた？」

と、声をかけた。

すると――思いもかけない声が、聞こえてきたのである。

「エリカ！　ここだったの！」

びっくりしたエリカがドアを開けると、みどりと千代子《ちよこ》が立っている。

「何してんの、こんなところで！」

と、エリカは目を丸くした。

「私がご案内してきたのよ」

と、顔を出したのは、あのレストランのおばさんだった……。

夜の訪問者

「──じゃ、あなたが、その看護師さんなんですか?」

と、エリカは、びっくりして訊《き》いた。

「ええ」

と、レストランのおばさんは肯《うなず》いた。

「私の名は、古川安子《ふるかわやすこ》。焼けた病院にいた看護師でした」

思いがけない話に、誰もが顔を見合わせた。

ところで──ここは、洋子《ようこ》たちのいたコテージではない。

エリカたちのコテージなのである。

みどりたちも来たので、全員、エリカのコテージのほうへ移ることにしたのだ。

あかねの死体はそのままだったが、仕方ない。

朝までは三時間余り。エリカたちのコテージにも電話はないが、この暗い中、危険を冒《おか》して出ていくよりは、まず全員の安全を、ということになって、このコテージへ集まったのだ。

「では、あんたは見たのだな」

と、クロロックが言った。

「その死人が起き上がって、平沢《ひらさわ》という医師を殺すのを」

「ええ……」

古川安子は、なぜかためらいがちに答えた。

「何が、あったんですか」

と、エリカが訊くと、

「はっきり見たとも言い切れないんですよ」

と、古川安子は言った。

「というと?」

「炎の中でしたからね。――死んだはずの患者さんが、平沢先生と争っているのが、チラッとは見えたんです。目を疑って、呆然《ぼうぜん》としていました」

「それはそうでしょうね」

と、涼子《りょうこ》が肯く。

「でも、本当にチラッと見えただけで……。それきり火と煙に巻かれて見えなくなってしまったんです」

「なるほど」

「焼け跡からは、ひとつの死体しか見つかりませんでした」

「どういうことかしら」

「つまり、そのひとりは逃げ出した、ということだな」

と、クロロックが言った。

「林の中へ逃げ込んだとして――五年もたっている。あんたはなぜ、わざわざあんなところにレストランを出したのだ？」

古川安子は、ちょっと照れたように微笑《ほほえ》んで、

「妙な話ですけど……。平沢先生の供養《くよう》、といいますか。――年齢はずっと上でしたけど、あの先生のことが好きでしたので」

と言った。

「よく分かるわ」

と、涼子が肯いて、

「年齢が違っても恋は恋」

「こんなところでのろけないで」

と、エリカは顔をしかめた。

「それより、みどりたちのほう。――その大内《おおうち》君ってのは何なの？」

「もしそれが本当に大内君なら、わけが分からないわ」

と、神田洋子《かんだようこ》が言った。

「でも、入院の話といい、大内君に間違いないんじゃない？」

と、郁子《いくこ》が言った。

「大内君がどうしてエリカのところへ――」

「しかも、私たちに薬を飲ませたのよ！」

みどりと千代子《ちよこ》は憤然としている。ま、当然のことではあろう。

「でも、よく無事だったわね」

と、エリカが言った。

「そこが日ごろの行いのいいところよ」

と、みどりが胸を張って、

「ちょうどそこへ、回覧板を持って、隣の部屋の人が来てくれたの。あ、エリカ、はんこ押して回しといたからね」

「そんなこと、どうでもいいわよ」

「そうね。で、相手はあわてて逃げ出してしまって。お隣さんがびっくりして上がってきて、私たちを見つけたってわけ」

「それで、エリカたちに何かあったら大変だと思って、駆けつけてきたのよ」

と、千代子が言った。

「どうも妙な話だの」

クロロックが首をかしげる。

「その男は、この太めの子をエリカだと思ったのだな」

「みどりです！　太めの子なんて名じゃありません」

「いや、すまん。――すると、そいつが狙《ねら》っていたのは、エリカだということになる。――どうも奇妙だ」

「エリカ、誰か振って、恨《うら》まれてんじゃないの？」

と、千代子が訊くと、みどりも、

「そうよ。エリカの代わりにやられたんだから、何か食べさせてよ。お腹《なか》ペコペコ」

話がすぐにあらぬほうへ行ってしまう。

「何か支度《したく》するわ」

と、涼子が台所へと立っていった。

「――もちろん、お父さんや私を恨んでいる人間がいても、不思議ではないわよね」

と、エリカは言った。

「でも、実際には高木《たかぎ》あかねさんが斧《おの》で殺されているわ。その犯人は誰？　みどりたちに薬を飲ませたのは本当に大内君なのか。――よく分からないことばかりね」

——誰もが、黙り込んでしまった。

あと三時間弱。朝になって、警察へ連絡すれば、また何か分かってくるかもしれないが……。

「少しやすんだほうがいいんじゃないかしら」

と、エリカは言った。

「私たちは寝なくても平気だけど」

「何か食べなきゃ！」

と、みどりが執念を見せる。

「朝までは、とても眠れそうも——」

と、洋子が言いかけた時、

「キャーッ！」

と、台所から悲鳴が聞こえ、ガチャン、と食器の砕ける音。

「涼子！」

クロロックが飛び上がって、信じられないほどのスピードで、台所へ飛んでいく。エリカも後を追った。

「——どうしたの！」

床に倒れた涼子を、クロロックがかかえ上げる。涼子が怯《おび》えた声で、

「誰か——誰かが窓から顔を出したの!」

「お父さん、広間にいて。私、行って見てくるわ」

「うむ。頼むぞ」

エリカは、入り口のドアを開けると、

「千代子、閉めて、鍵《かぎ》をかけて。私が声をかけない限り、開けちゃだめよ」

と、言った。

「分かった!」

エリカは、暗がりの中へ滑《すべ》るように出ていった。

目も耳も、人間よりはずっと敏感なエリカだが、木立の中では、隠れてしまえば何も見えない。

じっと耳に神経を集中する。

よほど用心深い相手だったのか、それとも、たまたまそこに潜《ひそ》んでいて、エリカがすぐ近くへ来てしまったのだろう。

ザッと背後で草が揺れ、ハッと振り向くと、その誰かが、エリカに向かって、斧を振りおろした。

哀《あわ》れエリカは真っぷたつ。で、このシリーズもおしまい、かと思うと——。

エリカは、とっさに後ろへ飛んだ。目の前、数ミリのところを、鋭い刃が風を切る。

その風が感じられるほどの近さ。

木の根につまずいて、エリカは仰向《あおむ》けに倒れてしまった。

相手はさらに一歩踏み込んで、再び斧を振り上げる。よける間はない！

エリカは、思いきり、エネルギーを、振り下ろされる斧の柄《え》に向かって集中した。

バン、とはじけるような音とともに柄が裂けて、斧の頭部が宙を舞う。ドサッ、と音がして、エリカの頭の、ほんの二、三センチのところに刃が落ちて、地面に突き立った。

相手は面食らったらしい。パッと背を向けて、木立の中を、たちまち駆けだしていった。

エリカは、全身で息をついた。汗が噴き出す。

エネルギーを使って、くたびれてしまったのだ。ハァハァ息をついていると、駆けてくる足音が聞こえた。

「エリカさん！　大丈夫ですか！」

洋子だ。エリカは、やっと体を起こした。

「私……ここよ」

「エリカさん。——けがは？」

「何ともない……。危ないわよ。どうしてここに？」

「だって、心配で。——立てますか？」

「まあね」

さすがのエリカも、エネルギーをああいうふうに使った後では、ヘトヘトになる。

エリカが洋子と一緒にコテージへ戻ると、

「おい！　勝手に飛び出していくなんて、危ないじゃないか」

と、小林栄一《こばやしえいいち》が洋子に向かって怒った。

「だって……。大内君がかかわってると聞いたら、何だか責任感じちゃって……」

と、洋子はうつむいて、

「ごめんなさい」

と、謝った。

エリカは、だいたいお腹《なか》が空《す》くと不機嫌《ふきげん》になる。

「そう思ったら、助けに来りゃいいでしょ！」

と、小林に向かって言ってやった。

「――どうした？」

と、クロロックは、まだ青い顔をした涼子を、しっかりと抱いてやっている。

「うん……。少々エネルギーを使って、くたびれたわ。でも――自分で何か作って食べるわよ」

と、フラフラと台所へ入っていく。

「私も！」

と、駆けてきたのは、もちろんみどりであった。

十分後には、みどりとエリカ、いずれ劣《おと》らぬ食欲でサンドイッチを食べて――いやサンドイッチに、何か恨みでもあるか、という勢いで、かみついていた。

「――実は」

と、口を開いたのは、古川安子だった。

「去年も、このあたりで事件があったんですよ」

「事件が？」

と、洋子が訊いた。

「ええ。――その二年前にも。やっぱり女子大生が殺されたんです。変質者の犯行、と思われましたし、そう大きな騒ぎにもなりませんでしたけど」

「じゃ、もう三人目の被害者ってわけね」

と、エリカが考え込んだ（もちろん、食べ終わってしまっていたのである）。

「――犯人は、捕まったんですか」

と、洋子が訊いた。

「いいえ、どれも捕まっていません」

と、古川安子は首を振った。

「もちろん、地元の警察も、長いこと捜査していましたけど……。何人か、怪《あや》しい人はいたようですけど、結局みんな犯人じゃないと分かって、釈放されたんです」

「なるほど」

と、クロロックは肯いて、

「その物騒《ぶっそう》なところで、よくひとりでレストランを開いているものだな」

古川安子は、ちょっとつまったが、すぐに微笑んで、

「女子大生なら心配もしますけど、このおばさんじゃ、誰も狙《ねら》ってはきませんもの」

と、答えた。

「――ねえ」

と、エリカは言った。

「そもそも、今度ここへ来ることにしたのは、誰のアイデア？」

三上《みかみ》と小林が顔を見合わせた。

「誰だっけ？――おまえだろ？」

と、三上が訊く。

「いや、俺じゃないよ。ええと……。そうだ、大内だよ。言いだしたのは」

「そう、憶《おぼ》えてるわ」

と、郁子が言った。

「大内君が、安く泊まれるところを知ってる、と言って。——去年も来たんだ、と言ってたわ、あの人」

「去年も?」

エリカが訊き返すと、郁子がハッとした様子で、

「ええ……。でも、それは……」

と、口ごもった。

「去年も事件が起こった。そして今年も。——その大内というのが、ここへ来ているとすれば……」

「そんな!」

と、洋子が言った。

「大内君が人殺しだっていうんですか?」

「だって、現に、私たちに薬を飲ませたりしたのよ」

と、みどりもやっと食べ終わって、口を挟《はさ》む。

「そうよ! あれはきっと変質者だわ」

と、千代子も加わる。

洋子は泣きだしそうな顔で、うなだれてしまった。

「まあ待て」

と、クロロックが立ち上がると、

「そうと決まったものでもない。――もし変質者なら、何もわざわざこんなところまで来てから殺す必要はあるまい。エリカ」

「何?」

「だいぶ、元気は戻ったか?」

「なんとかね」

「どうも今夜中に、犯人を捕まえたほうがいいような気がする。これから出かけようか」

「今夜中に?」

「ひとりで満足して、引っ込んでいる気でないのは、さっき分かった。ここでこうして集まっていては手を出せまい」

「でも――」

「この近くには、他にもキャンプしている者もいるだろう。そっちへ犯人が向かっていく心配もある」

「それはそうね」

エリカは肯いて、

「分かったわ。じゃ、ここは男の人、ふたりに任《まか》せるわ」

「私も連れてってください！」

と、洋子が勢い込んで言った。

「いかん。私とエリカは、あんたとは違って、少々のことは大丈夫。ここでおとなしく待っていなさい」

洋子はシュン、としてしまった。

「では行くか。——涼子」

「はい！」

涼子が、パッと立って、クロロックの背中でパッとマッチをすった。

「何してるんです？」

「え、——あの、ちょっとしたおまじないなの」

と、小林が不思議そうに訊く。

と、エリカはあわてて言った。

「古くから、トランシルヴァニアに伝わってるのよ」

「へえ」

——まさか、TVの『銭形平次《ぜにがたへいじ》』の真似《まね》して、火打ち石じゃなくてマッチをすってるんだなんて言えないじゃないの。

しかも、そのせいで、マントに三つも焼けこげを作ってるなんてね！

さまよう者

外へ出たはいいが、

「お父さん」

と、エリカは言った。

「どこに行くのよ？」

「おまえは知っとるんだろう」

「なんで私が？」

と、エリカは目を見開いて、

「きっと何か考えがあるんだと思って、出てきたのに」

「あるとも。その、コテージへ連れていってくれ」

「現場に？　どうして？」

「きっと、そこへ現れると思う」

「犯人が？　でも、今、ここで私を殺そうとしたのよ。全員がここにいることを、知ってるはずだわ」

「まあいい。ともかく案内しろ」

エリカは肩をすくめた。

「分かったわよ」

林の中を、ふたりは通り抜けて、高木《たかぎ》あかねの殺されているコテージに向かった。

夜でも目のきくふたりだ。さっきよりは、ずっと早くコテージに着く。

「ここよ」

「入ろう」

クロロックは中に入ると、

「うむ。血の匂《にお》いか。旨《うま》そうだ」

「ちょっと！　何しに来たの？」

「言っただけだ」

中の様子は、どこにも変わったところはなかった。

「そこに死体。――誰も来た形跡はないじゃない」

「それならかえって好都合だ」

と、クロロックは言って、広間へ入ると、椅子《いす》に腰をおろした。

「これからやってくる、ということだからな」

「誰が?」

「まあ、座れ」

クロロックはエリカに椅子を渡してやった。エリカは、何だかよく分からないままに、腰をかけた。

古い椅子だから、あまり、座り心地は良くない。

「よく、得体《えたい》の知れん、でたらめな殺人鬼というのが出てくるが、どうやら今度のは、それとは違っているようだ」

「どういうこと?」

「あの古川安子《ふるかわやすこ》という女の見たのが本物だとすれば、それは不死者、というやつだろうな。つまり——」

「死なない者じゃなくて、死に切れていない者ってことね」

「そうだ。死なない者などおらん。この私だって、年齢《とし》を取って、やがて死ぬ。おまえもだがな」

「若い者に、そんなこと言わないで」

「その犯人は、たぶん、死の瞬間に落雷を受けて、不死者と化してしまったのだ。これは凶暴な殺人犯とはわけが違う」

「どんなふうに?」

「不思議だと思わんか。今年もひとり、去年もひとり……。凶暴な殺人狂なら、年にひとりで済むと思うか？」

「そりゃそうね」

と、エリカは肯《うなず》いた。

「じゃ、当人は殺したくない、というわけなの？」

「そう。当人は早く死にたいと思っているだろう。死にたくても死ねないというのは、実に恐ろしく、哀《かな》しいことだぞ」

「――分かるわ」

「自分がどうしても押さえ切れなくなる時期があり、そんな時、若い女を殺す。しかし、その自分が、憎くてたまらないのだ」

「じゃ、どうすれば――」

「奴《やつ》の望みはたったひとつ。誰かに殺してもらうことだ」

「殺してもらう……」

「そうだ。自分より強い何かに。それで奴はやっと安らかに眠れるのだ」

エリカは、眉《まゆ》を寄せて、

「それは、もしかして――」

と、言いかけた。

その時、コテージの玄関のほうで、音がする。

「誰か来たわ」

「うむ」

クロロックは動かない。

「――おい、誰かいないのか」

と、若い男の声がした。

そして、寝室のドアを開ける音。

少し、間があった。それから、ドタドタと足音をひびかせて、広間へ駆け込んできたのは――。

「大内実《おおうちみのる》というのは、君だな」

と、クロロックが言った。

その若者はギョッとして、ふたりを見つめたが、やがて、

「あの……クロロックさん?」

と、訊《き》いた。

「それと娘のエリカだ」

「そうでしたか……。でも――」

大内実は、力が抜けたように、床に膝《ひざ》をついてしまった。そして、

「やられちゃったのか！」

と、頭をかかえる。

「もう少し早く話を聞いていればな」

と、クロロックは言った。

「話してみて。何もかも」

大内は、よろけながら立ち上がると、空《あ》いた椅子に、ぐったりと腰をおろした。

「こんなことになるなんて……」

と、呟《つぶや》く。

そして、クロロックのほうへ、

「実は、去年――」

と、口を開きかけた時、

「大内さん！」

と叫んだのは、いつの間にか入ってきていた、洋子《ようこ》だった。

「君――」

「あなたを殺して、私も死ぬわ！」

「何だって？」

洋子は、包丁を握りしめていた。

「一緒に死んで！」

と、包丁を構えて、ワッと大内のほうへ突進する。

「待ってくれ！　おい――」

大内は引っくり返ってしまった。

「まあ待て」

クロロックが、パッと洋子の手首をつかんだ。

「だって、この人が殺人鬼なら、私も一緒に罪を償《つぐな》って――」

「この男が殺したのではない」

洋子は、目を見開いて、

「本当ですか！」

「本当だ。まあ、包丁をしまえ」

「びっくりした……」

と、大内は、胸を押さえながら、

「いや、洋子、君にそんなことまで考えさせて、悪かった。――許してくれ」

「私、もしあなたが……」

と言って、洋子は泣きだした。

大内は洋子の肩を抱いて、

「去年のことです」

　と、話し始めた。

「僕はこの近くへ、高校時代の友だち数人とやってきました。そして、夜、つい星空につられて散歩に出た時、林の中で悲鳴が聞こえて――」

「女子大生が殺された時の、ね」

「そうです。びっくりして駆けつけた僕は、犯人を見てしまったんです」

　大内は、話しながら青ざめた。

「――この世のものじゃない生きものという感じでした。月よりも青白い顔をしていて、目は死人のもののように生気がなく、そいつが、血のついた斧《おの》を手にして、突っ立っていたんです。もう、こっちは恐ろしくて、腰が抜けてしまいました」

「それはそうでしょうね」

　と、エリカは肯いた。

「そいつは僕のほうへやってきて、斧を振り上げました。――もうだめだ、と観念して目をつぶったんですが……。何ともないんです。こわごわ目を開けると、そいつがじっと僕を見つめています。そして、口を開いたんです……」

「命を助けてやる代わりに、来年、誰か自分を倒せるような者を連れてこい、と言ったんだろう」

と、クロロックが言うと、大内は、ゆっくり肯いた。

「そうです。――そいつの声はひどく哀しげで、俺は自分を殺したくてたまらないんだ、て言いました」

「どういうことなの？」

と、洋子がわけの分からない様子で言った。

「まあ、待て。今は話を聞こう」

と、クロロックが押さえて、

「それで君は、私とエリカを――」

「ええ。大学の友だちから、おふたりの噂《うわさ》を聞いていましたから。あいつは、普通の人間じゃ殺せないんだそうです」

「もう死んでいるからだな」

「そう言っていました。そして自分で自分を殺すこともできない。――そう、辛《つら》そうに言って、泣くんです。胸がしめつけられるような泣き声でした」

「私たちがここへ来ることを知ってたのね？」

と、エリカが訊いた。

「ええ。これこそいい機会だと思いました。でも、直接お会いして、そんな話をしても、信じてもらえるかどうか分からなかったので……」

「でも、どうして、みどりたちに薬を飲ませたの？」

「すみません」

と、大内は頭をかいた。

「いや──もちろん、エリカさんじゃないことは知ってましたよ。おふたりのこと、だいぶ研究して、とても美少女だと知ってましたし」

「あら」

エリカも、こんな時ながら、ニヤついている。

「私は？」

と、クロロックが少々不機嫌《ふきげん》そうに、

「どうせパッとしない年寄りだとでも──」

「とんでもない！　女子大生の憧《あこが》れの的《まと》ですよ。こんなすてきな『おじさま』はいないって」

「そうかそうか。ま、それは言えてる」

「何をいい気になってんのよ」

と、エリカがつついた。

「あのふたりの友だちのことも知ってたんです。橋口《はしぐち》みどりと大月《おおつき》千代子《ちよこ》。──いや、もしここへ来て、ふたりが巻き添えを食ったりすることがあってはいけないと思って、薬を飲ませてしまったんです。――本当に申しわけありません」

「あのふたりじゃ、危なっかしいもんね」

「そのためにいい機会がなくて、仕方なく、腹痛を起こしたと言って、出発を遅らせたんです」

「じゃ、あれはわざとだったの？」

と、洋子が目を見開いて、

「死ぬほど心配してたのに！」

「ごめんよ。だけど、誰にも事情を話すわけにはいかなかったんだ」

と、大内は、洋子の肩をしっかりと抱いて、

「そいつとの約束でね」

「でも――高木あかねさんが殺されたわ」

と、エリカは言った。

「ええ……。僕の仲間には手を出さない、と約束してたのに！　そして、僕が来るまでは、何もしないと……」

「君の来るのが少し遅れて、耐え切れなかったのだろう」

と、クロロックは肯いた。

「不運なことだった」

「僕のせいだ！」

と、大内は頭をかかえた。

「じゃ、今それは――」

と、エリカが、周囲を見回す。

「たぶんこのコテージの近くにいるだろう」

クロロックは、立ち上がって、言った。

「それはいったい何者なの？」

と、洋子が怯《おび》えたように大内に寄り添って、叫んだ。

「焼け落ちる病院の中で、死のうとして死に切れなかった男だ」

クロロックは、広間の窓のほうへと目をやった。

エリカも聞いた。窓の外を、這《は》うように動いていく物音を。

「君らは隅のほうでおとなしくしとれ」

と、クロロックは言った。

「おいで」

大内と洋子が、広間の隅へ行って、身をかがめた。

「――お父さん」

と、エリカが言った。

「誰かが……」

「いかん！」

と、クロロックが叫ぶ。

「やられるぞ！」

もうひとつの足音が、コテージの外を小走りに、それを追って走っていく。

「来い、エリカ！」

クロロックは、広間の窓に向かって突進していく。エリカも続いた。

クロロックがぶつかる直前に、窓がエネルギーで砕けた。ガラスが四方へ飛び散り、

クロロックは外へ飛び出した。

エリカも頭からその中へ飛び込む。

外は静かだった。――足音はやんでいた。

「いかんな」

と、クロロックは言った。

「手遅れか！」

フラッ、とよろけるように、窓から洩《も》れる光の中に、誰かが現れた。

「あなたは――」

エリカは、目を見開いた。

あのレストランのおばさん、古川安子だった。

「――どうしたんです！」

大内が窓のところへ駆けてきて、

「なんてこと――」

と、絶句してしまった。

古川安子は、胸から血を流しながら、歩いてくると、ガクッと膝をついた。

「しっかりして！」

エリカが抱きかかえる。

「先生が……」

「え？」

「先生が悪いのじゃ……ありません」

呟くように言って、古川安子は、ぐったりと、意識を失ったらしい。

「まだ息はあるわ」

と、エリカは言った。

「先生っていうのは――」

「そいつを、その人も知っていたんです」

と、大内が言った。

「君の仮病《けびょう》や、例のふたり組に薬を飲ませたのも、元看護師のこの女性がいなければ、とても無理だったろうからな」

「じゃ、お父さん、もしかして——」

「そうだ。確かに彼女は、平沢《ひらさわ》医師と患者が争っているのを見た。焼け跡に死体はひとつしかなかった。それは平沢ではなかったのだ……」

「じゃ、医者のほうが——」

「そのよみがえった者と争ううちに、血が混じったかどうかしたのだろうな。患者のほうは火に焼かれて死んだが、医師のほうは死に切れないまま、逃げてしまったのだ」

「そうだったの。じゃ、この人がここでレストランを開いているのは、平沢医師がどこかに潜《ひそ》んでいることを知っていたからなのね」

「そうだ。しかし——」

クロロックは、ゆっくりと暗がりのほうへ向いて、

「その運命も今日でおしまいだ」

と、言った。

「なんと！」

震える声が聞こえた。

「古川さんだったのか！」

それが姿を現した。

「死んではいない」

と、クロロックが言った。

「まだ助かる見込みはある」

「無理に助けるのは、もっと不幸なことになる」

それは言った。――血の気のまったく失《う》せた、青白い顔は、まるで骸骨《がいこつ》に皮がピッタリはりついたようにやせこけていた。

体温も、吐く息も感じられない。しかし、それが着ているのは、確かに、ずたずたに裂けてはいるが、白衣に違いなかった。

手は、大きなナイフを握りしめている。

「古川さんまで、やってしまったのか……」

と、それは嘆《なげ》いた。

「同情はするが、殺された娘たちはもっと哀《あわ》れだ」

「分かるもんか、おまえなんかに、この苦しみが……。来い」

と、ナイフを構える。

「みんな道連れにしてやる！」

「やけになるな」

と、クロロックは言った。

「ふたりで勝負をつけよう」

そしてエリカのほうを見て、

「その女性を手当てしてやれ」

と言った。

クロロックと、その、かつては平沢医師だったものが、林の奥へと姿を消す。

エリカは、古川安子の体を抱き上げると、

「中へ運んで、血を止めなきゃ」

と、言った。

「私がやります！」

洋子が恐ろしさも忘れて、窓から身を乗り出した。

「お願いよ」

エリカは、古川安子を大内と洋子に任《まか》せると、クロロックが姿を消したほうへと、足を進めていった。

——邪魔《じゃま》してはいけないのかしら！

それとも手伝ったほうがいいのだろうか。

父のことも、もちろん心配だった。しかし、勝手に手を出して、かえって父がやりにくくなることもある。

エリカは待つことにした。

急に、凄《すご》い風が起こった。それは何かの爆風のように、林の奥の一点から、周囲に向かって、ゴーッと一気に吹き抜けた。エリカは思わず顔を伏せていた。

メリメリと枝が折れ、木が裂ける。小さな枝が弾丸のように飛んできて、エリカはあわてて地面に伏せると、両手で頭をかかえた。

突風は、数秒でおさまった……。

エリカは、ゆっくり顔を上げた。

何だろう、今のは？

ザッ、と足音がした。――よろけるような足音。あいつかしら？　お父さん、やられちゃったのかな。

立ち上がって身構える――すると、

「終わったぞ……」

と、クロロックが現れた。

「お父さん！　大丈夫？」

「うむ」

クロロックは、ハァハァ喘《あえ》いでいた。ひどい格好だ。

マントも服も、ボロボロになってしまっている。

「かなり……手強《てごわ》い奴だった」

「例のは？」

「粉々になった。これで成仏《じょうぶつ》しただろう」

「そう……」

エリカはホッと息をついた。

「しかし……腹が減った！」

クロロックが、みどりのようなことを言いだした。


「あら」

エリカは車を停《と》めた。

いちおう免許を持っているので、運転手をつとめているのだ。

「もう店が開いてるわ。それとも、他の人がやってるのかしら？」

「寄ってみりゃ分かるわ」

と、みどりが言うと、千代子が、

「みどりは寄って何か食べたいだけなんでしょ」

と、からかった。

「ともかく帰り道だ。寄ってみよう」

と、クロロックが言った。

コテージでの日々も終わって、東京へ帰るところである。

「あの車……。もしかして――」

エリカは車を停めて、外へ出た。

「エリカさん！」

と、洋子がレストランから出てきて、手を振った。

「あら、やっぱり！」

「ええ。どうぞ」

洋子はエプロンをつけていた。

レストランへ入ると、カウンターの奥に古川安子がいて、料理を作っている。

「もう良くなったんですか！」

エリカはホッとした。

「おかげさまで」

と、古川安子はニッコリ笑って、

「今日からまた開店ですよ」

店には、大内と、その仲間たちが座っていた。――もちろん、高木あかねが殺されたので、全員、引き揚げていたのだが。

「また出てきたの？」

と、エリカが声をかけると、

「このレストランのオープンだっていうんでね」

と、大内が言った。

「洋子の奴、手伝うって聞かないんです」

「だって……。ねえ、エリカさん」

「そうよ！　私も手伝おうかな」

「皿洗いぐらいにしとけ」

と、クロロックが言った。

「じゃ、何かいただいて帰りましょうね」

涼子《りようこ》が、虎ノ介《とらのすけ》を抱いて、席に着く。

「そうだ」

みどりが大内のほうへ歩いていくと、

「ねえ、君」

と、腰に手を当てて、ジロッとにらむ。

「ど、どうも……」

「私たちに薬を飲ませてくれたお礼に、ここでおごらせてあげるわ、ね。千代子？」

「そうね。ここで一番高い料理を」

「も、もちろんですよ」

と、大内は言った。

「僕も、今そう言おうと思ってたところなんです！」

「良かった！　エリカ、私たちのテーブル、全部この人がもってくれるって」

大内が、あわてて財布を取り出し、中を覗《のぞ》いている。

「――クロロックさん、すてきですね」

と言ったのは、前川郁子《まえかわいくこ》だ。

「そ、そうか？　ま、中味がいいと、何でもさまになるものなのだ」

クロロックは、Tシャツにジーパンというスタイル。マントもボロボロになって、スペアがあるわけじゃないので、仕方ない。

でも、この格好じゃ、吸血鬼とは誰も信じてくれないわね、きっと、とエリカは思った。

――オーダーを済ませ、古川安子と洋子が大車輪で働いて、両方のテーブルに料理が並んだ。

「じゃ、ご一緒に」

と、エリカが、古川安子を隣の席へ招いた。

「そうですね」

古川安子は、微笑《ほほえ》んで、

「本当にお世話になって――」

「いや、あんたには辛《つら》いことだったろう」

と、クロロックが言った。

「でも、苦しみから解放されたんですから……。当分はここで、平沢先生の霊を慰《なぐさ》めてあげようと思います」

――しかし、事件の後は、なかなか、大変だった。

何といっても、高木あかねは現実に殺されてしまったのだ。警察は当然犯人を捜す。

まさか犯人は五年前に死んだ人間で、今は粉々になっています、とは言えない。

警察官を大勢動員しての捜査は、何日間も続いた。――もちろん、何も見つからなかったのだ。

「新聞の記事、見た？」

と、郁子が言った。

「ううん。何のこと？」

と、洋子が訊《き》く。

「あの事件。映画の〈13日の金曜日〉になぞらえた殺人、とか書いてたわよ」

「いやねえ。ふざけてる！」

と、洋子が腹を立てる。

「しかし、来年からはもう起こらない」

と、大内が言った。

「そのうち、みんな忘れていくさ」

「そうね」

郁子が肯いて、

「ねえ、洋子」

「え？」

「大内君とのハネムーンはここにしたら？」

「何よ、急に！」

と、洋子が真っ赤になり、みんな大笑いになった。

「――いいですね、若い人は」

と、古川安子は首を振って、

「私なんか、もう年齢《とし》を取るだけで……」

「いや、そんなことはない」

と、クロロックは言った。

「まだまだ充分に魅力的だぞ」

「そうでしょうか？——嬉《うれ》しいですわ。こんなすてきな方にそんなことをおっしゃっていただいて」

聞いていた涼子がムッとした様子で、クロロックの足を踏んだ。

「いて……いてて」

クロロックが目を白黒させる。

エリカは、吹き出してしまいそうになるのを、何とかこらえた。

——これじゃ、家へ帰ってからのほうが、「血の雨」になりそうだわ！

解説——長寿の吸血鬼

村上貴史《むらかみたかし》

■三〇年以上の大半を大学生として駆け抜けてきました

本書は、赤川次郎の〈吸血鬼はお年ごろ〉シリーズの第七弾、『不思議の国の吸血鬼』の文庫化である。

このシリーズの第一弾『吸血鬼はお年ごろ』が出たのが一九八一年だというから、もう三〇年以上も前になる。それから現在に至るまで、ほぼ年に一冊のペースでシリーズ作品がコンスタントに刊行が続いていることに、まず驚かされる。

トランシルヴァニア出身の〝正統な吸血鬼〟フォン・クロロックと日本人の妻との間に生まれた神代《かみしろ》エリカを主人公とするこのシリーズでは、エリカが、友人の大月《おおつき》千代子《ちよこ》と橋口《はしぐち》みどり、あるいは父クロロック、ときには父の後妻である涼子《りようこ》（なんとエリカの高校の後輩だ）らとともに事件を解決していく。

『吸血鬼はお年ごろ』の時点では高校生だったエリカたちも、本書、すなわち一九八八年刊行の『不思議の国の吸血鬼』の時点では既《すで》に大学生になっている——というか二〇一一年に刊行されたシリーズ第二九弾となる最新作『吸血鬼心中物語』でもまだ大学生のままだ。つまりこのシリーズの長い歴史を、神代エリカは大学生として駆け抜けてきたわけで、それはすなわち主要キャラクターの変化が少ないなかでも、シリーズとして読者を魅了し続けるだけの要素を作品が提供し続けてきたわけで、いやはや、たいしたシリーズである。

■サスペンスやホラーの王道を活《い》かしています

さて、この『不思議の国の吸血鬼』は、中篇を二篇収録している。

一つ目の中篇は、表題作でもある「不思議の国の吸血鬼」である。

エリカとクロロック、さらには千代子とみどりとともに食事をしていたレストランのすぐ近くで交通事故が発生した。燃える車から引きずり出した娘は、エリカたちとほぼ同世代に見えた。瀕死《ひんし》の状態の彼女は、クロロックに願いを告げる。ポケットの小箱を、反対側のポケットのメモに記《しる》した住所に届けて欲しいというのだ。だが、その住所はシミのせいできちんと読み取れなかった。かろうじて読めたのは、〈アリス〉の三文字だけであった……。

かくしてエリカたちは事件に巻き込まれるのだが、まず、このスタイルが嬉《うれ》しい。サスペンス小説の王道とでもいうべき〝巻き込まれ型〟なのである。映画でいえばアルフレッド・ヒッチコック、そして小説でいえばウィリアム・アイリッシュなどが得意としたこのスタイル、近年ではサイモン・カーニックの『ノンストップ！』というまさにノンストップの快作もあったりして、スリルを愉《たの》しむには最高のスタイルなのだ。そのスタイルを活かして、赤川次郎はエリカの物語を手際《てぎわ》よく展開していく。この女性に関連しそうなかたちで、二十歳《はたち》くらいの青年や、黒っぽい上着の男が物語に登場し、そして発砲事件へと展開していくのだ。さらにキャラクターたちを動かしながら事件の背景を徐々に明かしていく。なんと鮮やかな手腕であることか。

そして、だ。結末がなんともお洒落《しやれ》である。短篇ミステリならではの切れ味を伴《ともな》う真相を、赤川次郎は読者にあっさりと提示しているのだ。この結末の味わいは、あっさりとした提示とは裏腹に、ミステリとしてはなかなかにアクロバティックだ。同様のテイストは海外作家のある短篇ミステリで愉しめるが、そちらは非常に人気の高い代表作のシリーズの一つである（作家自身もマルチジャンルで傑作を著《あらわ》した人物として有名だ）。それと同種の味わいを、この「不思議の国の吸血鬼」では味わえるのである。たっぷりと堪能《たんのう》されたい。

もう一篇が「吸血鬼と13日の日曜日」である。〝13日の金曜日〟ではない。〝日曜日〟

である。だが、著名なホラー映画シリーズ〈13日の金曜日〉を彷彿とさせる設定が盛り込んであるのは確かだ。例えば、男性二人、女性三人という若者グループがコテージに泊まりに行く、するとそのコテージで死者が出現し……である。それも斧《おの》による一撃がもたらした死だ。それればかりではない。死んだはずの患者が生き返ったという言い伝えまでもが絡《から》んでくるのだ。

ちなみに映画〈13日の金曜日〉は一九八〇年の作品。翌年にはさっそく続篇が公開されるほどの人気であった。そして、この『不思議の国の吸血鬼』が刊行された一九八七年までには、若者たちがキャンプ地で殺人鬼と遭遇《そうぐう》し、というパターンを基本形として、実に六作品が公開されているのである。人気のほどが判《わか》ろうというものだ。

偶然ではあろうが、〈13日の金曜日〉シリーズとこの〈吸血鬼はお年ごろ〉シリーズは、同じ時期に育ってきたことになる。そのシリーズ中の一篇である「吸血鬼と13日の日曜日」では、その構成に一工夫が加えられている。五人の若者たちが旅行に来ているという設定に加えて、フォン・クロロックとエリカ、さらには涼子とその子供の虎《とら》ノ介《すけ》の四人組にもその土地を訪れさせて、〈13日の金曜日〉の世界と〈吸血鬼はお年ごろ〉の世界を融合しているのである。

とまあこれだけならごく当然の工夫なのだが、赤川次郎はさらに一ひねり加えている。若者たちのグループは、本来六人であったにもかかわらず、旅行に参加したのは五人だけという状況にしてあるのだ。一人の青年は東京に残ったのである。エリカたちのグループも同様に、千代子とみどりを東京に残してきていた。そしてその青年が、千代子とみどりと接触し、もう一つの事件が発生する。そう、この「吸血鬼と13日の日曜日」という短篇では、旅先と地元のそれぞれの事件が連動して全体を構成するという、なかなかに凝《こ》った作りになっているのである。

最終的には、その両者を関連付けた上で、〈13日の金曜日〉に相応《ふさわ》しく連続殺人鬼という存在と絡めた着地をしているが、その着地に至る展開のなかで示されるロジックが、第一話同様、実にアクロバティックだ。ひねって、ひねって、そして着地する。その美しさに拍手喝采《かっさい》だ。

■昔も今も現代的なんです

とまあこの「不思議の国の吸血鬼」にしても「吸血鬼と13日の日曜日」にしても、登場人物たちの個性を活かして物語を転がしつつ、クロロックとエリカという吸血鬼親子の人間離れした能力を活かして事件の解決へと到達するという構造となっている。これがこの〈吸血鬼はお年ごろ〉シリーズの基本形なのだが、そこで見落としてはならないのが、ミステリとしての工夫である。サスペンスを醸《かも》し出す工夫であったり、終盤でのツイストであったり、驚きを納得に変えるための伏線《ふくせん》であったり、だ。これらがきっちり処理されているために、一九八七年という四半世紀前の作品であっても、今でも十分愉しく読めるのであろう。

その意味では、キャラクターたちも現役として通用する魅力を備えている。今回解説を書くために当時の作品を読み返してみたのだが、キャラクターとしてはまったく古びていない。電話がリーンとなったり、古いコテージだから電話がない、などというあたりに時代を感じさせる描写はあったが、それは本当にごくわずか。それ以外は今日でもまったく違和感なく愉しめる描写ばかりなのだ。これはこれで偉業といえよう。時代（あるいは現代）と寄り添うエンターテインメントが多いなか、決して現代性を捨てているわけではない赤川次郎のエンターテインメントが時代を超越して生き延びていることに——それを可能にする表現を用いて小説を構成していることに——あらためて驚《きょう》愕《がく》を覚えた次第である。

ちなみにこのキャラクターで物語を動かし、クロロックとエリカの能力で解決に到達し、そこにミステリ的な妙味をきっちりと練り込むという小説のスタイルは、二一世紀も約一〇年が過ぎて発表された『吸血鬼と呪いの古城』（二〇一〇年）や『吸血鬼心中物語』（二〇一一年）でも、そのまま維持されている。相変わらず大学生のエリカが、千代子やみどりと一緒に事件に巻き込まれ、クロロックたちと協力しながら解決へと到達していくのである。さすがにこれらの作品になると携帯電話が登場し、メールも登場したりしているし、若手人気俳優を起用した時代劇などという今日風の要素も織り込まれてはいるが、作品全体のトーンは、そうした個々の小道具に依存しないかたちで現代的であり続けている。それこそ三〇年前の作品と昨年の作品を続けて読んでも、いずれも違和感がなく現代的で魅力的な作品と思ってしまうほどに。

いやはや、なんという技であり、なんというセンスであることか。

■安定を提供する裏側で挑戦も続けてきました

赤川次郎が書き続けているのは、この〈吸血鬼はお年ごろ〉のシリーズだけではない。〈三毛猫ホームズ〉シリーズが二〇一二年の『三毛猫ホームズの夢紀行』で第四八弾に到達しているほか、〈幽霊列車〉シリーズも二〇一一年の『幽霊注意報』で第二三弾となる。これらがしっかりと〝現役〟のシリーズとして存続している点が、もはや驚異である。なにしろまた改めてTVシリーズ化されたりするのだから、その魅力は、普遍的で圧倒的なのである。

そうした魅力を長年にわたって維持しつつ、新たな挑戦も怠《おこた》らないのが赤川次郎である。その象徴ともいうべき作品が、『鼠《ねずみ》、江戸《えど》を疾《はし》る』である。なんとこれ、鼠小僧次《じ》郎吉《ろきち》を主人公とした時代小説なのだ。時代小説の口調で、時代小説らしい人物を配置し、時代小説らしい事件を起こしつつも、頁《ページ》をめくらせる力はやはり赤川次郎だし、スピーディーな読み口もやはり赤川次郎だ。しかも、二〇〇四年に始まったこの時代小説シリーズも、二〇一二年には『鼠、剣を磨く』という第五弾が出るといった具合に、順調に巻を重ねている。

赤川次郎。第九回の日本ミステリー文学大賞にも輝いたこの偉大なる流行作家は、長期間にわたって安定的に作品を世に送り出しつつも、その表面に見える安定（すなわちプロの仕事だ）の裏側で、アクロバティックな工夫や新世界への挑戦を続けてきたのである。この希有《けう》な作家の才能を存分に味わえるのが、〈吸血鬼はお年ごろ〉シリーズである。是非堪能されたい。

この作品は一九八八年八月、集英社コバルト文庫より刊行されました。

集英社文庫

赤川次郎の本

神隠し三人娘

怪異名所巡り

大手バス会社をリストラされた町田藍。
幽霊を引き寄せてしまう霊感体質の藍は、
再就職先の弱小「すずめバス」で
幽霊見学ツアーを担当することになって!?

集英社文庫

不思議《ふしぎ》の国《くに》の吸血鬼《きゅうけつき》

2012年7月25日　第1刷　　定価はカバーに表示してあります。

著　者　赤川次郎《あかがわじろう》

発行者　加藤　潤

発行所　株式会社　集英社

東京都千代田区一ツ橋2-5-10　〒101-8050

電話　03-3230-6095（編集）

03-3230-6393（販売）

03-3230-6080（読者係）

印　刷　凸版印刷株式会社

製　本　凸版印刷株式会社

フォーマットデザイン　アリヤマデザインストア　　マークデザイン　居山浩二

ISBN978-4-08-746853-3 C0193